Sonya
ソーニャ文庫

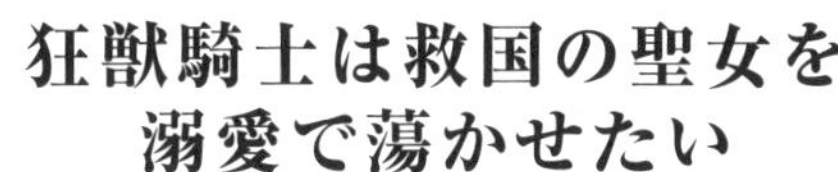

狂獣騎士は救国の聖女を溺愛で蕩かせたい

桔梗楓

イースト・プレス

contents

プロローグ　すべてはあなたから始まった

——己に自我が芽生える前から、『そこ』にいた。

バルドメロという名ではなく、数字で呼ばれていた頃の話だ。

『そこ』はいつも薄暗くて、まるで冷たい鉄の箱だった。扉はいつも鍵がかかっていて、白い服の大人たちは『そこ』を、第二飼育室と呼んでいた。

第二飼育室には、彼以外にも人がいた。彼もふくめて、みんな同じ数字で呼ばれていた。

すなわち、ツヴァイ[2]と。

朝起きて、味のしないドロリとした食べ物を口にしたら、訓練の時間が始まる。

剣術、格闘術、ナイフ術。短時間でたくさんの人を殺す術を、実践で身体にたたき込む。

うまくできなければ『処分』された。

うまくできたら、更に難しい課題を出された。

明日は死ぬか生きるかという極限状態の中、ツヴァイはすくすく育っていく。

誰よりも上手に、誰よりも早く、誰よりもたくさん人を殺せるようになっていく。

良心なんて、はじめから存在していなかった。命の尊さを学ぶ前に、命を奪うことを学んだからだ。

そうして血も涙もない立派な殺人鬼になったら、ようやく飼育室から出られる。

より多くのイベク共和国兵を殺せと命令されて、最前線へと送られる。

何てことはない、訓練でやっていたことの繰り返しだ。殺して、殺して、殺しまくるのが彼の役割。それ以外に使い道はない。なぜならツヴァイは、人を殺すことが存在意義なのだから。

殺すのは楽しいことだから笑えと白い服の大人に言われ続けていたから、ツヴァイはいつも戦地で笑っていた。

それを、自国であるハヴィランド帝国の兵は『気味が悪い』と言って忌み嫌っていた。

まるで奴隷のように扱われて、配給品も取り上げられて、死ぬまで敵を殺せと命令されて、数字で呼ばれた兵の死因は、多くが餓死だった。

どうせしばらくすれば、また数字の人間が投入される。だからツヴァイたちは使い捨ての道具なのだ。剣や銃器と同じ。壊れたら新しいものと取り替える。それだけの話。

だからツヴァイは、戦場で長く生きるうちに独自の処世術を学んでいった。

奪われるのなら、奪い返せばいい。

敵味方入り乱れる最前線の戦場なら、多少の味方殺しは気付かれない。

ツヴァイは食料を奪いながら、最前線で十年間生き抜いた。

——転機が訪れたのは、旗振り役を務めていた騎士が戦死したこと。

彼の代わりにやってきたのは、なんとハヴィランド帝国の皇女ジークリンデだった。

ツヴァイは初めて彼女が戦場にやってきた日のことを、今でも鮮明に覚えている。

まるで血の海に咲く、一輪の白百合。

戦場には女性の兵もいるのだが、彼女はなぜか際立って美しく見えた。まるで生きる世界が違っていて、何かの間違いで地獄に落ちてきてしまった感じがした。

「きれいな人だね。私たちを、ばかにしてるみたい」

顔も手も足も返り血だらけで真っ赤になっていた、ツヴァイと同じく名前が数字のエルフが荒んだ目で言った。

——ああ、そうか。

ツヴァイの頭が鈍く回る。

世界が違う、と思ったのは、彼女があまりに綺麗すぎるからだ。人を傷つけたことのない目はきらきらと眩しくて、自分たちは光の影で蠢く虫みたいに思えた。

どうして皇女がこんなところに来たのか。ツヴァイは少し考えたけれど、すぐに首を横に振った。考えたところで、自分に答えがわかるはずがない。

だって自分は、人を殺すことしか知らないのだから。

皇女が最前線にやってきて、数日が経った。

何をしていても否応なく目立つからだろうか。無視しようとしてもしきれないほど、ツヴァイはいつの間にか彼女を目で追っていた。

「この戦地において身分など意味を持ちません。ですから、私を守らないでください」

警護を買って出て、後をついていこうとする兵を、彼女は窘めた。

「兵に食事が行き渡っていないようですね。あちらの方々にはどうして食事を与えないのですか？」

皇女はツヴァイに目を向けながら、近くの兵に訊ねた。

「彼らは孤児や犯罪者です」

「……それが理由だというのですか？」

厳しい視線を送られ、兵は口を閉じた。

「最前線は、帝国内で最も過酷な戦場と聞いていましたが、それ以前の問題が起きているようですね。共和国という大敵が目の前にいるこの場所で、理不尽な差別にかまけるなど、帝国に対する裏切りも同然だと知りなさい！」

皇女は初めて怒りの声を上げた。

それは最前線にいた兵全員が目を向けるほど凛としていて、胸に響く声だった。

「私がこの戦地で旗を振り続ける限り、このような蛮行は許しません。食糧配給担当を呼びなさい。兵員のリストはどこですか。今後、戦場の環境管理は私が行います」

有無を言わせぬ勢いで、皇女は配給担当の兵と共に環境整備を行った。

相手が皇女だからだろうか。誰も面と向かって文句は言えなかった。

皇女が来たことで、地獄も同然の最前線はみるみると環境が改善して、だいぶましな地獄になった。

毎日、鐘の音と共に戦地を駆けるのは変わらないが、つかの間の休息でも気を張らずに済むようになり、何よりも人を殺さなくても食事にありつくことができた。

兵の士気は日を追うごとに上がっていく。だが、逆に不満を持つ一派もいた。

「……皇位継承権もない、お飾り皇族のくせに」

率先してツヴァイたちを虐げていた兵は不満げに悪態をつく。

「皇妃が皇帝をそそのかして、皇女を最前線へ追いやったらしい。邪魔者を片付けるのに、ここはうってつけなんだろう」

「旗振り役は死にやすいからな。前の奴だって、ひと月も持たなかったし」

――こいつらは、明日戦場で殺そう。ツヴァイはごく自然に、そう考えていた。

次の日、鐘の音と共に兵は戦場に出る。

「祖国のため、愛する家族のため、我等は最後のひとりになろうとも剣を振り続けよう。駆けよ戦場の英雄たち、私の旗に続きなさい！」

ツヴァイの目の前で、大の男でも重いと感じる大きな旗を皇女は振った。

金で縁取りされた白亜の鎧。あれは見栄えを重視する装飾鎧で、重量は軽く装甲は薄い。

さらに赤いマントをたなびかせるその姿は、戦場で一際目立つ。

明らかに標的にされるのを踏まえた上で、皇女は我先にと走り出した。

その姿はあまりに無謀で、まるで自殺願望者に見えた。

でも、ツヴァイは――その後ろ姿を美しいと思った。

自然と足が動いた。彼女と一緒に戦場を駆けるのが楽しいと感じた。自分と同じように、他の兵も次々と皇女の後を追う。

最初はあんなにも嫌そうな顔をしていたエルフすら、いつの間にか、皇女の毅然とした後ろ姿を憧れるように見つめて走っていた。

共和国の兵が向かってくる。戦場は混沌と化す。敵味方入り乱れて、殺し殺される。そんな中でも、皇女の姿は一際輝いて見えた。

――彼女を守りたい。死なれてほしくない。

ツヴァイは本能の赴くまま、皇女を狙う兵を一掃した。そして、遠くから彼女を撃とうとする敵からは身体を張って守る。

ダン、と腕に銃弾が当たって、貫通した。

「ツヴァイ！」

皇女が叫ぶ。その声を聞いて、ツヴァイは幸せを感じた。

(俺の名前を呼んでくれた)

自分という存在を、彼女はちゃんと把握していたのだ。それが嬉しくて堪らなかった。

笑いがこみ上げる。腕を撃たれた痛みがじんじんと身体中に広がって、楽しくなった。

(もっと、もっと、名前を呼んでほしい)

ツヴァイはより一層、多くの兵を屠(ほふ)った。

剣の横薙ぎでふたりの首を飛ばし、返す剣でもうひとりの胴を二分割する。

「ツヴァイ！」

もっと——もっと呼んで。他の名前は呼ばないで。

誰よりもたくさん殺すから。誰よりもたくさんあなたを守るから。

あなたは俺を、見てほしい。

心のない道具として育てられた人間に、初めて人としての心が生まれた。

やがて地獄が終わる。いや、実際には終わらないのだが、その日の戦いは終わった。

皇女は砦に戻ると、まず戦死者を確認する。

「エンリケ、ジューク、ツヴァイ、エルフ、ドライ……」

ひとりひとり、死体の頬に手を添えて、まるで愛しい人を呼ぶように、優しい声色で名前を言った。

ツヴァイは嫌な気分になる。胸の中がもやもやして、ぐるぐるして、口の中が苦く感じた。

（俺も死んだら、こんなふうに呼んでもらえるかな）

考えたら、死ぬのも悪くないと思った。

（でも、死んだら皇女は二度と俺の名を呼んでくれない）

慌ててぷるぷると首を横に振った。死ぬのはだめだ。もう少し生きていたい。

――戦死者の中には、皇女の悪口を言う一派も含まれていた。ツヴァイが敵兵を殺すついでに殺した人たち。

陰口を叩かれていたのは気付いていただろうに、皇女は気に食わない人間の名前もいたわりを込めて呼び、硬くなった頬を撫でる。

（どうして彼女は、誰にでも優しくできるんだろう）

自分は、気に入らない人は殺すから、わからない。

最前線は毎日死者が出るから、いつしか誰も墓を作らなくなった。しかし皇女が来てからは、彼女が墓を作るようになった。

寝る間も惜しんで、ひとり穴を掘る彼女がどうにも放っておけなくて、ツヴァイは自ら買って出て、墓を作る手伝いをするようになった。

今夜は、自分が殺した人間を弔う。何だか奇妙な気持ちになる。

死者を弔うという誰もが嫌がる仕事を率先して行い、人に嫌われる覚悟で戦地の治安を守ろうとする。そして戦が始まれば、我先にと旗を振って前を走る。

ツヴァイにとって皇女は、初めて見る性質の人間だった。

「ツヴァイ、今日もお手伝いしてくれてありがとう」

死者を弔ったあと、ようやく食事についた皇女は礼を口にした。

「今日は、多かった」

ツヴァイは、たどたどしく言葉を口にする。

二十年以上生きてきたが、ツヴァイは言葉が拙い。話し言葉は人の会話を聴いて覚えたが、読み書きはまったくできない。

「これ、作ってみたんです。よかったら食べてみてください」

何か渡された。丸くて、平べったい。硬い。木の実が入っている。ツヴァイがくんくんと匂いを嗅ぐと、甘い匂いがした。どうやら食べ物らしい。さくっと頬張った。とたんに、口の中にじんわりした甘さが広がってびっくりする。

「これ、何？　おいしい」

「ビスケットですよ。最前線の食事事情があまりに劣悪だと嘆願書を送りまして、やっと帝都の補給班から砂糖や小麦を分けてもらえたんです。もちろん、常にもらえるものではありませんが。……食事の質は士気向上にも繋がりますからね」

あっという間に食べ終えてしまった。もうないの？　と目で訊ねると、皇女は優しく微笑む。

「これは試作ですので、もうありません。でも、美味しいのならたくさん作って、みんなに配りますから大丈夫ですよ」

皇女は、皆を平等に扱うし、誰ひとり特別扱いをしない。そしてその平等の中に彼女自身を含めない。

「じゃあ、その時はちゃんと皇女様もビスケット食べないと、駄目だ」

彼女はどんなにおいしいものを作っても、自分の分は取り分けないだろう。ツヴァイが念を押すように言うと、皇女は見抜かれたのが恥ずかしかったのか、照れ笑いをした。

「そ、そういえば、この最前線の部隊って独特ですね」

皇女が話題を変える。

「どくとくって？」

「同じ姓の兵が多いんです。まずツヴァイが五人いるでしょう。エルフは七人、ドライは六人……」

皇女の言葉を聞いて、ツヴァイは納得した。

(そうか、彼女は飼育室を知らないんだ)

もしかして、自分の境遇を教えたほうがいいのだろうか。

ツヴァイは少し考えたあと、言わないことに決めた。理由はわからないが、なんとなく、彼女は知らないほうがいいと思ったのだ。

「……親は違うけど、同じところで育ったから、きょうだいみたいなものだ」

「そう」

ツヴァイの説明を聞いた皇女は少し悲しげな表情を浮かべた。彼女が何を想像したのかは知らないが、少なくとも飼育室の存在には気付いていないだろう。

「不思議なのだけど、皆、名前を聞いても、名前はないと答えるんです。もしかして、あなたにも名前がないのですか？」

「うん、ない」

二十を過ぎた年齢なのに、まるで学のない子どものような受け答え。それも仕方がない。ツヴァイは礼儀も言葉使いも知らないまま、戦場で戦っているのだから。

「どうして……？」

「さあ、必要ないからだと思う」

なぜそんなことを聞くのだろう。ツヴァイで通じるのだから問題はないのに。

しかし皇女はツヴァイの答えに不満を持ったのか、眉間に皺を寄せた。そしてしばらく考えたあと、ぱっと顔を上げる。

「わかりました。では、私があなたに名前をつけます」

「どうせ死ぬのに？」

今日死んだツヴァイのように、遅かれ早かれ自分も死ぬだろう。皇女を守りたいが、死ぬ時は死ぬ。戦場とはそういうものだ。

「そういう言い方は、私は好きではありません。確かに最前線では犠牲者が後を絶ちませんが、私はこの戦いを終わらせたいと願っているんです。……父上もきっと、そう考えていると思います」

皇女はツヴァイの目をまっすぐに見て、言った。

彼女の勢いに押されて、思わず身体を引いてしまう。

「だからこそ、今後のために名前は必要だと思うんです。今ではなく、未来のために」

ツヴァイは目をぱちぱちと瞬かせた。

――未来のことを話す人は初めてだった。

いつだってツヴァイの周りにいる人間は、今を生き延びる話ばかりをしていたから。

今の先に未来があること。戦いが終わった後のこと。……そんなのは、一度も考えたことがなかった。

「ツヴァイ。あなたは今日からバルドメロよ」

皇女は砕けた口調になって、言い聞かせるように言う。

「バルドメロ？」

「ハヴィランド朝建国期に現れた帝国の英雄バルドメロ様から頂いたの。異国の傑物で、私のご先祖様と共に肩を並べて蛮族と戦ったんですって。まるで今の私とあなたみたいでしょう？」

にっこりと笑顔で言われて、ツヴァイはこくんと頷いた。

バルドメロの意味はさっぱり理解できなかったが、彼女が嬉しそうにその名を呼んだのが決め手だった。

「……バルドメロ」

彼は名を呟く。

心だけでなく、名前までもらえた。彼女の傍にいると、自分が少しずつ道具から人間になっていくような気がした。

「バルドメロ。私はジークリンデよ。名前を呼び合うと一層絆が深まると思うの。絆は互いの命を尊重できるようになる。自分と相手、両方の命を大切にできる。……だから、私の名前も呼んでみて？」

無自覚に、甘えるような上目遣いで乞われて、顔が熱くなる。

「ジークリンデ」

噛みしめるように、名を呼んだ。

「はい。バルドメロ」

彼女は嬉しそうに名を呼び返してくれる。

名前が心に染み渡った。同時に、彼女の名を呼んだだけでこんなにも愛しさが募るものなのだと知った。

彼はその日、バルドメロになった。

第一章　旅立ち

ヒバリの鳴く声が聞こえて、ジークリンデは目を覚ました。

——耳をつんざくような轟音はない。ここに、砲弾は落ちてこない。

柔らかな寝台で身を起こし、腕を上げて伸びをする。

——湿っぽい土の匂いはしない。地面で寝ないから、寝心地も快適だ。

澄んだ湖のような藍玉(らんぎょく)の瞳を開き、ため息をひとつ。

「……駄目ね、未だに戦争の感覚が抜けきれていないわ」

憂いを帯びた表情で、ジークリンデは悲しそうに呟いた。

ハヴィランド帝国とイベク共和国は長年にわたり、血で血を洗うような諍いを続けていた。

それは一般的に『三百年戦争』と呼ばれていたが、実際は三百年以上も続く戦争で、冷戦状態も含めると五百年にも及ぶ。

永遠とも思えるような長い戦。しかし突如として、その争いに終止符が打たれた。

終戦の要になったのは、ハヴィランド帝国第一皇女にして、帝国第一師団に所属する上級騎士、ジークリンデ皇女だ。

皇女でありながら戦の最前線で自ら先陣を切り、旗を振り続けた彼女の存在が共和国を動かしたのだと言われている。

こうして共和国から和平への提言がなされ、皇帝がそれを受け入れる形で三百年戦争は終結した。

しかし、戦争が終わって一年が経っても、ジークリンデは未だに戦地の感覚を引きずっている。

いや、一度でも激戦区での戦いを体験すれば、人は簡単には戻れないのかもしれない。

ふとした拍子に、戦での出来事が鮮烈に呼び起こされるのだ。先ほどのジークリンデのように。

平和であるはずなのに、耳の奥では激しい弾幕の音が響いている。

柔らかな寝台であるはずなのに、硬い地面で寝た感覚を思い出す。

ジークリンデはゆっくりと首を横に振った。

自分に、過去に思いを馳せている暇はない。戦争終結と同時に始まった復興事業はまだひとつとして終わっていないのだから。

やるべきことはまだたくさんある。あの激戦区で生きながらえた自分の命は、これからを生きる民のために使わなければならないのだ。

戦時中は常に仰々しい甲冑を身につけていたのだが、戦争がなくなった今は、略式の騎士服でいられる。

こんな身軽な恰好で外を悠々と歩けることこそ、平和の恩恵というものだろう。

朝食を終えたジークリンデは散歩がてらに城内をのんびり歩いて、騎士の詰め所に入った。

「おはようございます」

「おはようございます。ジークリンデ様！」

朝の挨拶をすると、明るい男性の声が迎えてくれた。

思わずジークリンデの表情が柔らかに綻ぶ。

「バルドメロ。今日も早いのね」

「朝一番の掃除は俺の日課でもあるので」

雑巾片手にニコニコと微笑む男性は、バルドメロ・ツヴァイ。黒檀のような艶やかな黒い長髪をゆったりとひとつに結んでいた。瞳は金色に近い琥珀色で、非常に整った相貌を持つ美青年である。背も、ジークリンデの頭ひとつぶん高いので、騎士服がとてもよく似合っていた。

彼は、かつて最前線と呼ばれた激戦区でジークリンデと共に戦った兵のひとりだ。

戦場で戦っていた時の彼は無双の兵士で、旗を振るだけのジークリンデはいつも彼に守られていた。今の穏やかな笑顔からは想像もつかないが、当時は鬼神の如く戦場を駆けた強者である。その強さはあの戦場で一番の功績を上げたほどで、彼の剣の腕前は帝国一だと噂されている。

「先日、詰め所の掃除は順番制にしようって話し合ったのに、また上級騎士たちに押しつけられたの？」

「否定はしませんが、個人的に掃除が好きなんですよ。それに、従士（じゅうし）はともかく騎士は掃除が不得意な人が多いので、彼らに任せると逆に粗が気になってしまうんです」

バルドメロは苦笑いでぽりぽりと頬を掻（か）く。ジークリンデはくすっと笑った。

「そうね、私も含めて、騎士は確かに掃除が苦手かもしれないわ。でも、苦手を苦手のままにしたくないから、私も手伝う」

まだ騎士の詰め所にはバルドメロと自分のふたりしかいない。ジークリンデは掃除用具入れから箒を取り出して、詰め所の窓を開けた。

帝国騎士団は、上級騎士と下級騎士、そして従士で構成されている。基本的には、貴族や皇族といった身分の高い者が騎士の位を持ち、平民出身の者は従士であることが多い。

ジークリンデは第一皇女でありながら騎士団に所属する上級騎士だ。そしてバルドメロは平民出身であるため本来は従士であるはずだが、三百年戦争において多くの功績を上げ、皇帝より爵位を賜った下級騎士である。

血筋や伝統を重んじる騎士の中には、実力で騎士位を得た者をよく思わない一派がいて、バルドメロは彼らの矢面に立たされやすい。

窓から、夏の日差しと共にさらさらと優しい朝の風が入ってくる。

ジークリンデは箒で床を掃きながら、ふと今朝のことを思い出した。

「バルドメロ。ちょっと聞いていいかしら」

「はい」

雑巾で棚を拭いていたバルドメロが振り向く。

「あなた、戦時中のことを思い出したりする？」

バルドメロが不思議そうに首を傾げた。どうやら、質問の意図がわからないようだ。

「例えば、こんなに平和な朝なのに弾幕の轟音が耳の奥に響いてきたり、柔らかい寝台で寝ているのに、塹壕(ざんごう)の隙間(すきま)で寝ているかのような感覚に襲われたりといったことなのだけど」

「ああ。そんなのはしょっちゅうですよ」

バルドメロは明るく笑った。

「頭ではわかっているのですが、身体がすっかり覚えてしまっていますよね」

「そうね」

ジークリンデは掃除を再開しながら、バルドメロを横目で見る。彼の様子はまったくいつも通りで、戦争の記憶に苦しんでいる様子はない。

「戦争の記憶を思い出して苦しむのは心の傷が残っているという障害があるからだって、お医者様が言っていたわ。それがなかなか治らない兵も多いみたいで……だから、バルドメロも気を付けてね」

一応念のためにと注意すると、バルドメロはにっこりと微笑む。

「はい。……といっても、俺は別に苦しいと思っていないですから、大丈夫ですよ」

そんな予感はしていたけれど、やはり彼はまったく戦時中の記憶を『辛い』と思っていないようだ。

「やっぱりあなたは強いわね。私なんか今朝も戦時中のことを思い出してへこんでいたのに」

「へこむんですか？　どうして？」

バルドメロが心底不思議そうな声で訊ねた。

「だって、やっと平和になったのに、私の心は未だに戦争の時代から抜け出せていないんだもの。いつまでも過去に囚われていたらいけないのに……」

こんな弱音は誰にでも吐けるというものではない。皇帝である父はもちろん、義母や義弟、騎士団の同僚にすら言えない。

でもバルドメロには不思議と弱音を吐けた。きっと、戦争の最前線で共に戦った仲だからこそだろう。

騎士団に所属する団員の大半は、戦場を経験していない。

だからなのか、今の騎士団はジークリンデにとって少し居心地が悪いものになっていた。

……そうはいっても、ジークリンデの立場上、辞めるわけにはいかないのだが。

「囚われてなんかいませんよ」

「えっ」

少し物思いにふけていたジークリンデは、意外なことを言われた気がして顔を上げた。目の前には、穏やかにジークリンデを見つめるバルドメロが立っている。

「だってジークリンデ様は戦争が終わった後も頑張ってるじゃないですか。騎士団の団員が平和に慣れていく中、ジークリンデ様は戦時中と変わらない鍛錬(たんれん)を続けています。それと同時にいくつもの復興事業を立ち上げて、共和国との調停役の務めも立派に果たされています。どれも簡単にできることじゃないですよ」

ニコニコと言われ、ジークリンデは照れたように頬を染めて俯いた。

「そ、それは……皇女としての、当然の責務だから」

「みんな言ってますよ。さすがは『救国の聖女』だって。そんなジークリンデ様と同じ騎士団に在籍している俺も鼻が高いです」

「うう、あまり私を褒めないで。それから『救国の聖女』はさすがに恥ずかしいから、言わないで……」

ジークリンデは思わず顔を手で被った。

そう、ジークリンデは、帝国の民衆から『救国の聖女』と呼ばれている。三百年戦争を終結に導いたきっかけとなったからだそうだ。

ジークリンデにしてみれば、父に『旗振り役』を言い渡されて最前線へと赴き、己の務めを果たしていただけに過ぎない。そんなジークリンデをたまたま共和国の要人が見つけてなぜか感激し、和平を働きかけてくれただけなのだ。

……まあ、どんなきっかけがあったにせよ、戦争が終わったこと自体は良かったと思う。だが、ジークリンデ自身は何もしていないので、和平に導いたとか聖女だとか言われてもピンとこないし、自分には過ぎた渾名(あだな)だと思う。

バルドメロはくすくす笑った。

「照れて恥ずかしがるジークリンデ様は可愛いですね」

「もう。面白がっているわね」

ジークリンデは腰に手を当てて怒ったふりをした。こうやって他愛のない会話ができること自体は嫌ではない。それこそが平和になった証しなのだから。

(そういえば、バルドメロもずいぶん変わったわね)

掃除用具を片付ける彼の後ろ姿を見ながら、ジークリンデは感慨深くなる。最初に出会った頃の彼を思えばこそである。

だって、あの頃のバルドメロは――。

「ジークリンデ様、ここにおいででしたか」

ふいに出入り口の扉が開いて、小姓がひとり現れる。

「ジークリンデ様、皇妃様がお呼びです。皇帝陛下も同席しています。どうか謁見室にお急ぎください」

「義母上(ははうえ)が……私を？」

朝から意外な人の呼び立てに驚く。

「バルドメロ、朝の会議は私抜きで進めるよう、ランバルト騎士長に伝えておいて」

「わかりました」

バルドメロが頷くのを見て、ジークリンデは小姓と共に謁見室へと急ぎ足で向かった。

謁見室に入る前に、深呼吸をひとつ。

皇妃がジークリンデを呼ぶなんて珍しいが、その内容はどう考えても自分にとって良いことではないだろう。だから心を落ち着かせる。

（よし、行こう）

ジークリンデは背筋を伸ばし、謁見室に入った。

中は豪華絢爛な装飾が施された広い部屋になっていて、金で縁取られた白亜の彫刻壁が日の光に反射して美しく輝いている。ジークリンデはこの謁見室に入るたび、絵画の世界に入り込んだみたいだと思ってしまう。

天を仰げば、ハヴィランドの国花と国鳥をモチーフにした天井画。そして床には金糸と赤いベルベッドの絨毯が敷かれていて、奥には玉座があった。

ジークリンデは膝をついて一礼する。

「お呼びと聞き、ジークリンデ、参りました」

目の前には玉座に座る皇帝と、傍に立つ皇妃。

「うむ。面を上げよ」

居丈高な皇妃の声が聞こえて、ジークリンデは顔を上げる。

――クラウディア皇妃。ジークリンデの母である前皇妃が亡くなったあとに皇帝が迎え入れた妃である。四年前に皇子を産んだので、ゆくゆくは国母となる女性だ。

彼女は大貴族の娘たる気位の高さから来るのか、それとも単に気に入らないのか、昔からジークリンデに冷たかった。皇子が生まれてからは露骨に嫌うそぶりも見せている。

そして、玉座に座る、髭をゆったり蓄えた皇帝マリウス。彼は正真正銘の、ジークリンデの父親だ。しかし彼が温情や家族愛のまなざしをジークリンデに向けたことは一度もない。

彼は己の子どもを、自分の役に立つか立たないかで量る。ジークリンデは女であるために皇位継承権を持たない。だから、ジークリンデが生まれた時も皇帝は顔も見せず、痛みと戦って出産した皇妃にねぎらいの言葉ひとつかけなかったらしい。

では男児を出産したクラウディア皇妃には優しいのかといえば——悲しいかな、そういうわけでもなかった。彼の意識はすべて、ハヴィランド帝国存続のためにあるのだ。

ジークリンデに対するような無関心さほどではないが、それでも彼が人らしい感情をクラウディア皇妃や皇子に向けているところは見たことがない。

もしかしたら、クラウディア皇妃がジークリンデに冷たく当たるのは、皇帝から愛情をもらえない不満から来る八つ当たりなのかもしれないと、ジークリンデは思っている。

「——急に決まった話ゆえ、早朝だが来てもらった。これは騎士団に関することなのでな。ランバルト騎士長にはすでに話を通してあるが、そなたには新たに設立する師団の長となり、騎士と従士を率いてもらうことにした」

「新たに設立する師団、でございますか？」

戦争は終わり、帝国は大幅な軍縮を進めている。それなのに、どうして新たな師団を作るのだろう。

　ジークリンデは嫌な予感を覚えつつ、耳を傾けた。

「うむ。名を『辺境守騎士団』という。我が帝国と西の共和国の北に、緩衝地ラスカ山地があるだろう」

「はい」

　ジークリンデは頭の中で地図を広げる。

　ハヴィランドがある大陸は、いびつなパンケーキを真ん中で分断したような形をしている。その分断したところはルセーヌ大河という、簡単には橋も架けられないほどの大河がある。ルセーヌ大河の東側がハヴィランド帝国、西側がイベク共和国。そして北には大河をまたがる形でラスカ山地が広がっている。一年のほとんどが雪に閉ざされているため、帝国と共和国はそこを緩衝地として戦地にしない協定を結んでいた。

「三百年戦争は終結したものの、未だあちこちに戦の火種が残っておる。そのひとつとして上げられているのがラスカ山地だ。近頃、共和国の奴らがラスカ山地の集落に出没しておるのが確認されてな。皇帝陛下は非常に懸念しておられる」

　クラウディアがちらりとマリウスを見た。彼は玉座の肘掛けに身を預け、どこか遠くを見ている。ジークリンデにもクラウディアにも、そして会話内容にさえも興味がない。……そんな様子が見てとれた。

クラウディアはそんなマリウスに物言いたげな表情を一瞬浮かべたが、すぐに扇子を広げて口元を隠した。

「……そこで皇帝陛下は、新たに辺境守騎士団という師団を設立し、ラスカ山地近郊のヴァイザー領にて砦を構え、共和国を牽制すると決められたのだ。その騎士団の騎士長にジークリンデ、そなたを任命することにした」

ジークリンデは黙ってクラウディアの話を聞く。

(なるほど。つまり体のいい厄介払い、ということね)

心の中で、ため息をついた。この帝都において、ジークリンデの役割は終わったということだ。皇位継承者は皇子であるし、皇女の使い道といえば、外交か政略結婚くらいしかない。手がけている復興事業も信頼する部下に任せればいい。

この一年、ジークリンデは共和国との和平交渉を円滑に進めるため、幾度も共和国に足を運んで外交の仕事をこなしてきた。その時はもちろん騎士服ではなく正装のドレスを着用し、バルドメロを護衛役に任命して赴いたのだが。

しかし終戦協定が締結した今となっては、外交の仕事も落ち着いている。そして政略結婚については、今のところ話は来ていない。

「緩衝地を含めた共和国との折衝役としては、そなたが適任であろう？　……フン、救国の聖女などと呼ばれておるのだからな」

扇で口元を隠しながら、クラウディアは嫌味っぽく言った。

彼女によく思われていないのは前から知っている。この『提案』も、元々はクラウディアがマリウスに進言したのかもしれない。

すると、マリウスが珍しく口を開いた。

「ベイジル宰相が、お前の肩書きを最大限に活用した結婚をするべきだと勧めてきたのだがな。どうせ奴が持て余している放蕩息子にあてがおうと考えているのだろう。しかし、お前には他に有効な使い道があるかもしれぬ。あの息子にくれてやるのは、本当に使い道がなくなった時だ」

感情ののらない声色で話す。

まるで道具だ。彼にとって自分以外の全てがそうなのだろう。

ちなみにベイジル宰相とは、歴代宰相の座につく大貴族アルデンホフ侯爵家の家督である。今年七十になる老人で、彼の息子は四十六歳。大変な好色家として有名で、本妻のほかに側室が十人もいるらしい。確かに、本妻ならともかく側室としてジークリンデを差し出すのは、皇女の使い道としては今ひとつだ。実に合理的な考え方だった。

「拝命致しました。ヴァイザー領に赴き、共和国を牽制して参ります」

意見ひとつ言うことなく頷いたジークリンデに、クラウディアは満足そうに頷いた。

「うむ。団員の選出については、追って知らせる。出立は四日後ゆえ、準備を怠らぬようになｌ」

ようやく皇城に目障りな存在がいなくなった――そう言いたげな笑みを浮かべて、クラウディアはゆるりと瞳を細めた。

四日という短期間で慌ただしく準備を進めたジークリンデ率いる新師団、辺境守騎士団はヴァイザー領に向けて出発した。

総勢七人。十にも満たない少人数の師団ゆえ、幌馬車一台で事足りる。

早朝の出立であったが、同僚だった数人の騎士と騎士長、そしてジークリンデの義弟が見送りに来てくれた。

「義姉上。僕は必ずお手紙を出しますから、義姉上もお手紙をくださいね！」

「ええ、クルト。楽しみに待っているわ」

今年四歳になるクルトは、ジークリンデと同じ髪色で、さらさらした白金の髪が朝日に反射して光っている。

瞳はクラウディア譲りの緑色。今は零れんばかりに涙を溜めていて、まるで雨に濡れた宝石のようだった。

「どうして英雄の義姉上が、辺境の地で監視の仕事なんてしなければならないのでしょう。義姉上は帝都の復興事業にも熱心に取り組んで、たくさんの帝都民に感謝されているのに」

「だからこそよ、クルト。復興事業はすべて引き継ぎを済ませたし、後は裏方として監督役を務めるのみ。だから父上と義母上は私に新しい仕事を下さったのよ」

クルトと目線を合わせるようにしゃがんで、ジークリンデは優しく言った。

「でも、でもぉ……」

クラウディアはジークリンデを疎んじていたが、彼女の息子である皇子クルトはジークリンデを慕い、尊敬していた。皇女の身でありながら戦いの最前線で旗を振り続けた彼女を英雄視しているのだ。

ジークリンデにとってもクルトは可愛い義弟であり、彼の可愛らしい顔を見れば、平和になってよかったと心から思う。

「それにね、クルト。監視のお仕事はとても大切なの。やっと手にした平和を維持するための努力は、決して怠ってはいけないのよ」

「それは、わかりますけど……」

クルトは寂しそうに俯く。ジークリンデはちくりと胸が痛くなった。

母であるクラウディアはクルトを溺愛しているが、マリウスがクルトに愛情を向けたことはない。クルトの周りにいる人間は、クルト自身ではなく皇子という立場に魅力を感じて近づいているだけだ。幼心に、そういうことがわかっているのだろう。

だから、気の置けない仲である姉が傍にいなくなるのが寂しいのだ。

ジークリンデは優しくクルトの頭を撫でた。

「ね、クルト。私、写真機を持っていくのよ。本来は監視業務のためなんだけど、こっそりヴァイザー領やラスカ山地の写真を撮って、あなたに送ってあげるわ」

涙を溜めたクルトが顔を上げる。

「自然がとても豊かで、綺麗なところなんですって。珍しいものもたくさんあるそうだから、全部クルトに教えてあげる。だからあなたも、お城で体験した出来事を私に教えて頂戴」

そう言うと、クルトはこくんと頷いた。

「や、約束ですよ、義姉上」

ジークリンデが頷くと、コホンと咳払いが聞こえた。

「君の上司である俺の前でそれを言うと、もはや『こっそり』とは言わないのではないかね。写真機はあくまで騎士団からの貸出品なのだぞ」

「騎士長、すみません。でもクルト皇子が喜んでくれることなのですから、目を瞑ってくださると助かります」

立ち上がって言うと、髭面の中年男性、ランバルト騎士長が「まったく」と呆れた笑みを浮かべて肩をすくめた。

「君は数少ない騎士団の花だったからな。いなくなると寂しいのは俺も同じだ」

「……帝都のことは、よろしくお願い致します」

ジークリンデは頭を下げる。彼は貴族出身の騎士だが、家柄やプライドを重んじ荒事を嫌う多くの騎士と比べると、ずいぶん気さくでつきあいやすい。

それに、彼は数少ない『最前線』を経験した仲間のひとりだ。彼の家元が評議会の重鎮を買収して早々に引き上げさせたので、戦地の滞在期間は短かったが。

「ああ、努力しよう。……平和の敵は『腐敗』だからな」

ふっとランバルトが笑った。その瞬間、彼の身体が勢いよく押しのけられる。

「ジークリンデ皇女様！　私のこと、忘れないでくださいね」

「本当にどうして、ジークリンデ様が行かなくてはいけないのかしら。私もクルト皇子と同じ気持ちでいっぱいですよ！」

騎士団に在籍する女性騎士や従士が、わっとジークリンデに駆け寄った。

「みんな……ありがとう。でもこれは、皇帝陛下より直々に下された役割ですから、きっと私が赴くことに意味があると思うのです」

クルトにも言ったように、ジークリンデは優しい口調で諭す。

「でも……よりにもよって団員が……なんて……」

「こら」

小さく呟いた若い従士を、女性騎士が窘めるように肘で小突いた。

「だって……こんなの……まるで捨てられるみたいじゃないですか……っ」

たまらなくなったのか、従士が泣き出す。

彼がなぜ泣くのか、ジークリンデはわからないわけではなかった。事実、これはある意味『遺棄（いき）』なのだ。

必要ないものを遠くに追いやるのは、いらないものを捨てるのと同じ。

皇帝と皇妃が選んだ団員は、全員、最前線の生き残りだった。彼らは元々一般兵だったが、戦争が終結して帝都に帰還した時に、帝都騎士団の従士として再就職したのだ。

彼らは戦争をじかに体験し、多くを殺したり、多くの死を見てきたりした者たちである。そういった人間はこれからの時代に必要ないと、皇帝は判断したのだろう。複雑な思いはあったが、ジークリンデも納得した。これを機会に騎士団内部を整理したい。つまりはそういうことなのだ。

「そもそもジークリンデ様が戦時中に最前線に行ったのだって、皇妃様が……」

「それ以上は言わないで、ね？」

感情のままに、この場で口にしてはならないことを言おうとした従者の口を、ジークリンデは人差し指を押し当てて止めた。

ここは公の場であるし、クルト皇子もいる。彼の心を曇らせるようなことは聞かせたくない。

「大丈夫よ。落ち着いた頃にお手紙を出すから、あなたも私に手紙を返してくれる？」

べそべそ泣く従士の肩を、なだめるようにぽんぽんと叩く。

「あなたにも、こっそり写真を送ってあげるから」

「だからそれを俺の前で言うなと言うに」

ランバルトがすかさず突っ込みを入れてくれたおかげで、場は明るさを取り戻したように笑い声が響いた。


幾人かに見送られて、幌馬車が走り出す。

団員が御者役を務め、馬の休息時に交代する手筈だ。ヴァイザー領まで十日ほどの道のりであるが、物見遊山の旅行というわけではないので、馬の機嫌によっては野宿もしなければならないだろう。

だが、その点においては安心だった。

辺境守騎士団として任命された騎士と従士、総勢七名。全員最前線の生き残り。つまり野宿に慣れきった団員しかいないのだ。虫が出たなどと騒ぐ者もいないし、食料がなければ自分で獲りに行くほどのたくましさも備えている。

こと、生きることに関しては誰よりも頼りになる。それが辺境守騎士団の強みになるのではないかとジークリンデは思った。

ごとごとと幌馬車に揺られていると、ふと、ふんわりと花のような香りがした。

「ジークリンデ様、酔い止めの薬草包みをどうぞ。馬車の長旅には慣れていないでしょう？」

隣に座っていたのは、バルドメロ。ジークリンデはありがたく薬草包みを受け取った。

「ありがとう。いい匂いだわ」

「この香りは気分を落ち着かせる効果があるんですよ。でも実際に酔ってしまった時は我慢せずに言ってくださいね。薬も用意してありますから」

「気を使ってくれているのね。この包みやお薬の用意は……もしかしてフンダートがやってくれたの？」

「はい。今は御者台にいますが、ジークリンデ様にって、俺に渡してきたんです」

フンダートは従士だ。彼ももちろん、最前線の生き残りである。

四十近い男性なのだが、薬学の知識が豊富で、戦地でも彼の知識によく助けられた。

「バルドメロも、みんなも、気持ち悪くなったら言ってくださいね。旅は十日くらいの予定だけれど、少しくらいなら遅れても大丈夫なんですから」

「俺らは馬の旅に慣れてるから大丈夫ですよ」

「そうそう、ランバルト騎士長は長旅に慣れてるいい馬を用意してくれましたから、揺れも少ないですしね」

他の団員が笑い混じりに言ってくれる。どうやらこの中で、馬車の移動に弱そうなのはジークリンデひとりらしい。

「ごめんなさい。私が皆の足を引っ張らないようにしますね」

「そんなこと気にしなくていいんですよ。ただでさえジークリンデ様はすぐに我慢してしまうんですから。ちゃんと気持ち悪くなったら言ってくださいよ？」

バルドメロが子どもに言い含めるように真面目な顔をして言った。

彼は事あるごとにジークリンデの身を案じてくれる。

「ええ。馬車を汚したくないから、吐きそうになったら言うわ」

「はい。その時は俺に向かって吐いてくださいね」

「い、いえ、さすがに外で吐くから……大丈夫よ」

どんなに気持ち悪くなっても、自分にだってプライドがある。人に向かって吐くことだけは死んでも避けたい。

思えば、バルドメロは最前線にいた頃から過保護だった。自分のことを後回しにしがちなジークリンデを常に気にかけていて、何かと世話を焼きたがっていた。また、とても心配性な性格をしていて、ジークリンデが少しでも怪我をしたら絶望を体現したような悲壮な表情であたふたしていたし、ジークリンデを治療したいと思うあまり包帯でぐるぐる巻きにしてフンダートに叱られたこともあった。

当時のことを思い出して密かに笑うと、ジークリンデの向かい側に座っていた女性従士が明るい笑い声を上げた。

「あははっ、バルドメロは相変わらずヘンタイだね～」

彼女の名前はエルフ。ジークリンデと同い年の二十歳で、辺境守騎士団の中ではジークリンデとふたりだけの女性団員である。

「ヘンタイとは失礼ですね。どこがヘンタイだというのですか」

バルドメロが不満げにエルフを睨んだ。彼女は人の悪い笑みを浮かべてからかうように言う。

「だって自分に吐いてほしいなんて、普通は言わないよ～？　汚いじゃない」

「ジークリンデ様から出るものに汚いものなんてひとつもない」

秒で返したバルドメロに、ジークリンデは慌てて反論した。

「待って、普通に汚いですから。……そ、そろそろこの話はやめましょう」

無理やり話題を変える。

「これから目指すヴァイザー領ですが、確か皆さん、行ったことはないんですよね？」

馬車に乗る面々に確かめると、団員たちは一様に頷いた。

「俺ら生粋（きっすい）の帝都っ子ですからね」

「あと知ってる土地といえば、戦地くらいなものですよ」

ははっと、若い団員が笑った。ジークリンデは「そう」と頷く。

「なら、楽しみにしていてください。帝都より寒くはありますが、雄大な自然美に心が洗われますよ。実際、病気の静養のために訪れる方は結構いるんです」

「景色を見て、病気が治るんですか？」

バルドメロが驚いたように目を丸くした。

「病は、お薬で治るものと、治らないものがあるのよ。特に心の病気に関しては、今のところ治療薬と言えるようなものはないわ。そういう方に一定の効果があるとされているのが、自然豊かな土地で静養することなのよ」

「へえ……。また知らないことを知れました」

バルドメロがニコニコと嬉しそうに言う。

「そういえば、あなた方は皆、不思議と心の病にはかかりませんでしたね。最前線を経験した兵士の多くが心を病んでしまったのに」

「ジークリンデ様だって平気そうじゃないですか。すごいですよね。心がとても強いんだと思います！」

エルフが明るい声で賞賛した。ジークリンデは照れたように俯いて、首を横に振る。

「私は……だって、ただ旗を振っていただけですから」

誰ひとり、この手で殺していない。周りの兵士や騎士たちが殺したり殺されたりする中、自分だけが部外者だった。

「ただ旗を振る……ねえ」

なぜかエルフは意味ありげな視線で、周りの団員を見回す。すると彼らは同意するように頷き合った。

「それがどれだけすごいことか、本人だけが知らないのですね」

バルドメロが軽く笑う。

「俺よりも前を走る旗振り役は、あなたしかいなかったんですよ？」

「え、そうなの……？」

ジークリンデは驚いて目を丸くした。エルフも同意するようにうんうんと頷く。

「旗振り役は見た目重視で選ばれるから、そこらの兵より弱い人が多かったんです。だから余計に、ですね」

確かに、旗振り役は見栄えの良さで選ばれるとジークリンデも聞いたことがある。だから平民よりも貴族で、また相貌の整った人が役割を担うことが多い。

ジークリンデの場合は、ただ皇女であったからだろう。相貌以前に、その立場が誰よりも見栄えの良さに繋がったのだ。

「俺、ジークリンデ様が来るまでは、旗振り役って隊列の後ろでぱたぱた旗を振るだけの人だと思っていましたからね」

「ええっ!?」

さすがにそれは初耳だ。ジークリンデがぎょっとすると、バルドメロが琥珀色の目を眩しそうに細めて笑う。

「それでも旗を持っているだけで目立つから、遠方から狙撃されて死亡することが多かったんですけど」

「まさか先陣切って走って行く旗振り役が出てくるなんてね。あたしも驚いたなあ」

あははっとエルフが笑った。

「だ、だって、私が出征したのは……皇族の義務、でしたから。皇族として生を受けた以上、兵のために命をかけるのは当然のことでしょう?」

ジークリンデは、自分が旗振り役を言い渡された時のことを思い出した。

生まれた時から父は自分に無関心で、女児を産んでしまった母の立場も悪くなってしまった。母の心はどんどん病んでいって、男児を産むことに執着し、ジークリンデを疎んだ。そして次第に無視するようになった。

『どうしておまえは男ではなかったの』

毎日のように言われた恨み言さえ言われなくなって、ジークリンデは初めて孤独を知った。憎しみの目を向けられなくなって、寂しいという感情を知った。

女として生まれたばかりに、父も母もジークリンデを『我が子』と認めてくれない。

それでも事実ジークリンデは、マリウスの第一子として生を受けたのだ。

だから誰が望まなくても期待されなくても、ジークリンデは自主的に努力した。女とか男とか関係なく、皇族のひとりなのだと主張するために。

多くの知識を学び、過酷な鍛錬に耐えて剣術の研鑽を積み、血の滲むような努力を続けた結果、ジークリンデは齢十五にして誰からも認められる『皇族』になることができた。

座学の教科すべてで満点を取り、剣術大会の決勝で自分よりも大柄な騎士を負かした日、父が初めてジークリンデに視線を向けてくれたのだ。

『お前には使い道があるようだ。皇族とは、帝国繁栄のために捧げられる駒であることを忘れるな』

まるで冬空のような冷たい目。彼の言葉に家族としての愛情は感じなかった。でも、やっと自分という存在を認められたことは嬉しく思った。

しかし、そんな小さな誉れがあった日の夜——母は姦通罪で捕まってしまった。

男児が欲しいと執着した結果、皇帝の寝室に通うだけではなく、他の騎士とも通じていたのが発覚したのである。

そうして彼女は粛々と処刑され、早々に新しい妃が迎えられた。

——クラウディア皇妃。

順調に子を宿し、男児をもうけるという皇妃の務めを立派に果たした女性。クラウディアが跡継ぎを産んだおかげで、前皇妃はいないものとされ、歴史の闇に埋もれていった。

クラウディアの人格はというと、なかなかに苛烈な人だった。有り体に言えば嫉妬深く、独占欲が強い。彼女はマリウスを心から慕っていて、それゆえに前皇妃が遺した唯一の子、ジークリンデを最初から敵視していた。

ある日クラウディアに呼ばれて、当時十六だったジークリンデは謁見室にはせ参じる。

『帝国の宝とも言える我が皇子、クルトが生まれたことは、そなたも知っておるな』

自分こそが皇妃にふさわしいのだと言い含めるかのような居丈高な物言い。

ジークリンデは感情のない顔で頷いた。

クルト皇子は、こっそり乳母のところに行って目にしている。クラウディアはジークリンデを毛嫌いしているが、他の使用人は皆、ジークリンデに優しいのだ。

『皇子を守るためにそなたは剣を取り、帝国のために戦うがいい。豊富な知識と鍛え上げた剣術は、何も城内で見せびらかすためにあるのではなかろう？』

ふん、と皮肉げにクラウディアは笑った。

『――共和国との戦は長きにわたるゆえに、時折、帝国民の士気を上げてやらねばならないのだ。その役割にお前は適している』

玉座に座るマリウスが厳かな声で言った。

隣に立つクラウディアが勝ち誇ったような顔をする。

『マリウス皇帝陛下の仰る通りであるぞ。なぜならジークリンデ、そなたは生きようが死のうが、帝国にとっては何の痛手にもならない便利な皇族であるからな。我が皇子クルトが次代の帝国を担うのじゃから、そなたの役割など国のために血を流すくらいなものよ』

笑いを堪えきれないように肩を震わせ、扇子で口元を隠した。

『のう、皇帝陛下よ、そうだからこそジークリンデを戦地に向かわせるのでしょう？』

確認するように、彼女はマリウスに訊ねる。彼はクラウディアに目線を向けることなく肘掛けに肘をかけた姿勢で言った。

『我は皇妃のような下らぬ感情でものを言っているのではない』

まるで冷水のような言葉をかけられ、たちまちクラウディアの表情が怒りに変わった。

……マリウスは誰も愛していないのだ。

かつてジークリンデに放った『皇族は帝国繁栄に捧げられる駒』という言葉は、おそらく自分のことも指しているのだろう。

『ジークリンデ、お前には最前線に出てもらう。そこで旗振り役を果たすのだ』

『旗振り役……でございますか』

皇妃が剣を取れと言っていたから、てっきり戦うのだと思っていた。マリウスは仰仰しく頷く。

『ハヴィランド帝国の国旗を手に持ち、兵を奮起させる重要な役割だ。旗振り役は誰よりも勇敢でならねばならぬ。誰よりも無謀でなければならぬ。恐れて後ろに隠れていては誰も奮起しないであろう。誰よりも前に出るからこそ、人は後に続くのだ』

ほとんど丸腰で、旗のみを掲げて敵陣に自ら飛び込む。無謀とも言える行いは勇気ある行動に見えるのだ。その人間が皇族であれば尚更、愛国心の強い帝国兵は鼓舞される。

……つまり、国のために死ねと、マリウスはそう言っていたのだ。

『その栄えある役割、喜んで拝命致します』

ジークリンデはまっすぐに皇帝を見つめて頷く。

最初から死ぬつもりはない。だって自分が死んでしまったら、次の旗振り役は誰がするのだ。自分のあとに誰かが犠牲になるとわかっているから、自分は死ねない。死んではいけない。

だから生き延びることこそが自分に与えられた役割なのだ。死地に突入しても生還するからこそ、人は希望を持てるのだから。

そう。ジークリンデはあくまで前向きな気持ちを持って、最前線に赴いた。

そこがどんな地獄か、想像もしないまま。

「……私は父上から、旗振り役とは誰よりも前に出る者だと教えて頂きましたから、実際がどんなものかは知りませんでした」

「本来はそうあるべき役割なんですよ。でも、いざ戦場を前にして、その務めを果たせる人なんていないってことです」

　バルドメロが穏やかに言った。

「だから俺は驚いたし、尊敬しました。あなたが最前線に来てくれて、救われたと思った兵はたくさんいると思います。もちろん俺が一番救われましたけど」

「バルドメロ、自己主張激しい～」

　エルフが軽口を叩いて、バルドメロが短く「煩い」と一蹴する。

「す、救われた、だなんて」

「本当ですよ、ジークリンデ様」

　にっこりとバルドメロは微笑む。

「地獄のような戦場で美しく旗を振るあなたを見て、ここは死ぬための場所ではないと感じ取ったんです」

　バルドメロの言葉に、エルフをはじめ、ほかの団員も頷いた。

「戦場に捨てられた駒じゃない。生きてもいいんだって、ジークリンデ様が態度で示してくれたんですよ。俺はあなたを守ると心に誓った。だから辛くなったら必ず俺に言ってください ね」

「バルドメロ……ありがとう」

　心がほんわり温かくなって、ジークリンデは笑顔を見せる。するとバルドメロは少年のようなはにかんだ笑顔になった。

「ジークリンデ様の猛獣遣いぶりは、相変わらず見事としか言えないですね」

くすくすとエルフがからかうように笑う。

「……猛獣？」

ジークリンデが目を丸くすると、他の団員もエルフと同じように笑った。

「バルドメロが飼い犬のように大人しくなるのは、ジークリンデ様の前だけですからね」

「そ、そんなことないでしょう。騎士団でも、バルドメロはいつだって落ち着いていたわよね？」

隣のバルドメロに目を向けると、彼は「もちろんです」と頷いた。

「それは、ジークリンデ様に迷惑がかからないようにしていたからですよ。本当にバルドメロは、ジークリンデ様が関わると人が変わったように真面目になるのよね～」

「少なくとも俺は、普段もエルフより真面目であるつもりだが？」

ムッとした様子でバルドメロがエルフを睨む。その時、ふいに馬車の揺れが止まった。

「そろそろ休憩時間ですよ。近くに川があるのを見つけたので、馬に水を与えてきます」

馬車の扉が開いて、フンダートが言った。

「御者役お疲れ様でした。ゆっくり休んでくださいね」

「ありがとうございます。ジークリンデ様、身体の調子はいかがですか？」

「今のところは大丈夫です。あなたが調合してくれた薬草包みのおかげですよ」

フンダートに礼を言っていると、バルドメロが馬車を降りて、こちらに手を差し伸べた。

ジークリンデは皇女ではあるけれど、騎士団のひとりでもある。戦う力はないが、これでも騎士なのだから、何かと傅く必要はないと何度もバルドメロに言っているのに、彼は決して譲らない。最前線の頃から、彼はこんな調子でジークリンデの付き人のように振る舞うのだ。

（もはや今更よね……）

ジークリンデは素直に彼の手に掴まりながら馬車を降りた。

「旅は長いですから、薬も一通り揃えています。何かあったら言ってくださいね」

太陽の光に照らされて、フンダートが小じわの目立つ眦（まなじり）を優しく細めた。

「はい。馬車の中でも散々バルドメロに念を押されました。無理はしません」

「ええ、それなら安心ですね」

フンダートが休憩にと馬車を停めたところは、街道沿いにある小さな広場。ここが帝都から近かったなら、ピクニックの場所として人気が出そうだ。

「ふい〜っ、やっぱり馬車に座ってるとお尻がごわごわになっちゃいますね〜」

エルフがゆっくり伸びをしたあと、何度も屈伸した。ジークリンデはくすくす笑って、自分の荷物からバスケットを取り出す。

「順調にいけば、夕方には宿場街に到着すると思うけど、ちょっとだけティータイムにしましょう。実は朝にお菓子を焼いたんですよ」

地面に敷布を敷き、バスケットをぱかっと開ける。

薪をくべて湯を沸かしていたバルドメロは、まるで犬のように耳をぴくっと動かして、ジークリンデのところにすっ飛んできた。

「ジークリンデ様のお菓子！」

目をきらきらさせるバルドメロ。彼はジークリンデの手作りお菓子が大好物なのだ。

「尻尾があったらぶんぶん振ってそうだよね」

「しっ、あとで怒られますよ。同感ですが」

後ろのほうでエルフとフンダートがひそひそと話す。

「美味しそうですね。これぞ役得です。ジークリンデ様の手作りお菓子が食べられるなんて、帝都の人たちが知ったらすごく羨ましがりそうですね」

わくわくした顔で目をきらめかせるバルドメロに、他の団員もわらわら集まってくる。

「紅茶も用意していますから、順番に配りますね」

「俺も手伝います」

ジークリンデとバルドメロは手際よくお菓子と紅茶を配って、つかの間のティータイムを楽しむ。

「まさにピクニック日和ね。お花も咲いてるし、風も気持ちいいわ」

春の心地良い風に身を任せて、紅茶の香りを楽しむ。大変な長旅になるが、初日くらいはこんな時間があってもいいだろう。

「こうやって、外で紅茶を飲んでいると、何だか懐かしく感じますね」

バルドメロが呟いた。ジークリンデが彼に顔を向けると、バルドメロは優しく微笑む。

「覚えていませんか。あなたは戦地でも紅茶を振る舞ってくれたでしょう」

「……そういえば、そうだったわね」

ジークリンデにとって特別でも何でもないことだったから、すっかり忘れていた。しかしバルドメロは感慨深い顔をして、じっくりと味わうように紅茶を飲んでいる。

「俺はあの時初めて、紅茶の味を知ったんですよ」

「そうだったわ。バルドメロって、紅茶を飲んだことがなかったのよね」

とても驚いたのを覚えている。それまでのジークリンデは、紅茶はごく普通に誰もが飲むものだと思っていたのだ。

……皇帝から旗振り役を言い渡された翌朝、ジークリンデは最前線へと赴いた。そこは帝国の南西部。ルセーヌ大河に唯一かかる橋、アリアト大橋を監視する砦だった。

帝国と共和国は三百年近く、この大橋で戦を続けていたのだ。ルセーヌ大河の別の場所に橋をかける計画は幾度も立ち上げられたが、これを共和国側が阻止したり、また向こうが橋をかけるのをこちらが邪魔したりと繰り返しているうちに、唯一橋として完成しているアリアト大橋はいつしか『最前線』と呼ばれ、橋の上で幾度も衝突を繰り返していた。

ジークリンデが砦に到着した頃、先の見えない戦に兵は疲弊していた。心を病んでいる者も少なくなかった。

誰もが自分のことで手一杯で、皇女が来たところで士気が上がるわけもない。皇族にへつらう一部の人間以外はむしろ『足手まといが来た』とばかりの態度で、誰も彼もがジークリンデを厄介者扱いしたのだ。

この極限の場において、名声や立場は意味を成さない。全ては行動なのだと身を以て感じたジークリンデは、誰も自分を見ていなくとも旗を摑んだ。

そして開戦の鐘が鳴り響くと同時に、先陣切って大橋を駆けたのだ。

『正義は帝国にあり！　皆の戦いが、帝国の未来を作るのだ！』

そう叫びながら旗を掲げた。

誰ひとり護衛をつけず、激戦区の大橋で孤独に旗を振る姿に、兵は何を感じたのだろう。

ひとり、またひとりと、ジークリンデの後を追いかけた。

そして彼女を守るかのように敵兵を討った。

あの地獄のような戦場で、ジークリンデの存在は一際目立つ。敵兵の殆どが彼女を狙った。その様子はまるで、闇夜の松明に集まる蛾のようであっただろう。

バルドメロはジークリンデの傍で、それら敵兵を薙ぎ払った。彼が剣を振るうたび、血の雨が降った。バルドメロはもちろん、ジークリンデも血を浴びた。

まだ温かさの残っていた血は鮮烈な鉄の臭いがして、思わず気が遠くなる。それを必死に耐え、目の前の惨劇を目に焼きつけた。

これが戦争なのだと、皇族であるならば絶対に目をそらしてはいけないと、心に刻んだ。

戦場でのバルドメロは常に血まみれで、人を殺すたびに笑っていた。その姿はまさに煉獄の鬼であり、敵だけではなく味方でさえも彼を恐れていた。

……正直なところ、ジークリンデも最初は怖かった。

けれども、自分が兵を駆り立てたのだ。それなら責任を取るべきだとジークリンデは思った。だからバルドメロが敵を屠るたび、ねぎらいのつもりで彼の名を呼んだ。

……バルドメロはそのたび、どこか嬉しそうな顔をした。その表情は屈託のない子どもみたいで、少し驚いたのは今でも覚えている。……怖いという気持ちは次第になくなって、彼を鬼ではなく人として見られるようになった。

ジークリンデを守るバルドメロの姿勢は苛烈と言っていいほどで、それに執着するあまり、見境なく人を斬り始めたことも多々あったのだが、ジークリンデが彼の名を呼んで静止を命令すると、必ずバルドメロは剣を振るう腕を止めていた。

……いつしか、その様子を見た兵たちが『まるで猛獣遣いだ』と言い出した。

　エルフたちが時々ジークリンデを猛獣遣いだと言ってからかうのは、そういう事情があるのだ。

　……紅茶を振る舞ったのは、そう、ジークリンデの初陣の夜。

「紅茶の味に懐かしむ人もいたけれど、そういえば……あなたたちは皆、紅茶を飲むのが初めてだったわね」

　ジークリンデはぐるりと団員を見回す。

「そうですね。すっごく美味しいからびっくりしましたよ〜。でも、今日飲む紅茶のほうがもっと美味しく感じるのは、なんでだろ〜？」

　エルフが紅茶を飲みながら首を傾げる。

「戦地で振る舞った時は、水がいいものとは言えませんでしたから」

　あはは、とジークリンデは苦笑いした。最前線の食事事情はお世辞にも良いとは言えなかったのだ。むしろ劣悪と言っていい。水は基本的に泥が混じっていたし、配給食料は石のように硬いパンや、塩漬け肉を潰して丸めたものだった。これがしょっぱくて、まずくて、最初はなかなか完食できなかったものだ。バルドメロたちは普通に食べていたが。

「……亡くなった命は多かったけれど、私は、ここにいる皆が今も生きていることが嬉しいです。ヴァイザー領でも皆で協力しあって、仲良くできたらいいですね」

　ジークリンデが自分の気持ちを口にすると、皆が一様に頷いた。

「もちろんですよ！」

「俺たち、伊達に最前線帰りじゃないですからね。どんな場所でだって、生きていけます」

「そうそう。あんな場所に比べたら、北だろうが南だろうが、どこだって楽園ですよ」

団員が笑い合う。ジークリンデの表情にも笑顔が浮かんだ。

「ありがとう。……今回の下命はそもそも、私を体よく帝都から追い出すための方便だったんです。だから、私の事情に巻き込んで申し訳ないって思っていたんですよ」

「誰も巻き込まれたなんて考えていませんよ。……いえ、俺が一番そう思っています。あなたが北に行くのなら、俺も北に行く。たとえ命令が下されなくても、自らジークリンデ様の護衛として名乗り出ましたよ」

バルドメロが真剣な顔で言った。

「……ありがとう。バルドメロは優しいわね。いつも私を守ってくれてありがとう」

ジークリンデがそう言うと、バルドメロは頭を垂れた。……これはいつものアレをねだっているようだ。ジークリンデがバルドメロの頭を撫でると、彼は顔を上げて嬉しそうに微笑んだ。

——きっかけはいつだったたか。最前線にいた頃に間違いはないのだが、ジークリンデがバルドメロを褒めた時に頭を撫でると、彼はとても喜んだのだ。

最前線の戦は、まるで果てのない地獄である。毎朝鐘が鳴るたび、帝国と共和国の兵はぶつかり合った。そして深夜になるとそれぞれの砦に帰っていく。

これを毎日続けていると、何のために戦っているのかだんだんわからなくなる。この戦いに意味を見いだせなくなって、少しずつ、帝国のためではなく自分が生きるために、戦うようになる。

誰もが極限状態の中、ジークリンデは様々な人間を見た。死と隣り合わせだからこそなのか、その人の本質が見えてしまうのだ。

卑怯な者もいたし、弱気な者もいた。乱暴者もいた。

そして優しい人ほど、先に死んでしまうことを知った。

倫理や道徳を持つことが許されない世界で、ジークリンデはある意味格好のエサだったのだろう。皇女の身を穢そうと目論む兵は、もちろんいたのだ。

それでもジークリンデは純潔を守りきることができた。それは自分の力ではなく、バルドメロが守ってくれたおかげだった。

旗振り役の身は、清らかでなければならない。

その教えをどこからか聞いたらしく、ずっとジークリンデを守ってくれていたのだ。彼がいなければ、ジークリンデはとっくの昔に命を落としているか、心ない兵の慰み者になっていただろう。

戦場で、ジークリンデは自分が非力であることを自覚した。あんなにも勉強に励み、剣術の鍛錬を怠らなかったのに、それらの技能は戦場で何ひとつ役に立たなかったのだ。

剣術で相手を制することはできても、殺すことはできない。ジークリンデは最後まで人を殺せなかった。意気地なしな自分を恥じた夜もあったが、そんな自分に親切にしてくれたバルドメロには感謝していた。

「大体、こっちだって騎士団には飽き飽きしていたんですよ」

団員が肩をすくめて言った。

「そうそう。毎日意味のない鍛錬ばっかりでしたから。上も扱いに困っていたんでしょうけど」

「俺たち、殺すしか能がない奴らだって言われてましたからね。そんなの平和の世には必要ないですから」

クッキーを食べながら明るく笑う団員たちに、ジークリンデは不満げに唇を尖らせた。

「殺すことしか能がないなんて、そんなわけないのに。最前線帰りだからって、どうしてそんなことを言うのかしら。酷いわ」

悔しく思って言うと、バルドメロが優しく目を細めて、ジークリンデに顔を向けた。

「怒ってくれて嬉しいですが、俺たちは自分がどう言われようと気にしませんよ。でも、ジークリンデ様への仕打ちに対しては、結構腹が立っています」

「……バルドメロが、私のことで怒るの？」

首を傾げると、彼は「当然じゃないですか」と拳を握った。

「ジークリンデ様は救国の聖女と呼ばれるほど、国のために尽力したというのに……恩賞ひとつ与えず、最後には実質的に北へ追放だなんて、あんまりですよ。あなたへの仕打ちのひとつひとつが許せなくて、ひとりひとり消したいと思っています」

むっと不機嫌になるバルドメロに、ジークリンデは「相変わらず大げさね」と、呆れた笑みを浮かべた。

確かに今のジークリンデの状況は、人によっては酷いものだと思われるかもしれない。曲がりなりにも英雄だというのに、皇帝からねぎらいの声ひとつかけられていない。褒美もない。外交に励み、国内の復興事業も多く手がけたが、ジークリンデに対する皇帝の態度は以前と少しも変わらない。

でも……と、ジークリンデはバルドメロの頭を優しく撫でた。

「私のことはいいのよ。むしろ、かえって気が楽になったわ。城の暮らしは少し窮屈だったから」

城内では常に人の目があるから気が抜けない。皇妃は事あるごとにジークリンデを敵視するから、気持ちも落ち着かない。

そして北に左遷されるということは、父から見ても自分は『用済み』ということを示していた。

「復興事業はしばらくは監督役を務めるけれど、落ちついたら全ての采配を部下に任せるつもりよ。共和国との外交も、終戦協定が締結されたことでいったんは落ち着いた。帝都において、私のやるべき務めはほとんど終わったも同然なのよ」

恩賞もねぎらいの言葉も、ジークリンデには必要ない。なぜなら皇族は国に尽くすのが義務だからだ。

民の税で生かされている以上、皇族は民の誰よりも帝国のために尽くさなくてはならない。

「だから私はヴァイザー領に行くの。未だに微妙なしこりを残している山地を守るため。そして不穏の芽を摘むためにね」

バルドメロの頭を撫でながら、子どもに言い聞かせるようにゆっくりした口調で言うと、彼の不満げな表情はみるみる穏やかになった。

「なら、俺の仕事はあなたを守ることですね」

「ええ、頼りにしてるわ、バルドメロ」

ジークリンデの言葉に、彼はにっこり笑顔で「任せてください」と言った。

「おぉ……見事なお手並み」

「まさに猛獣遣いだなあ……」

向かい側で、エルフと団員がひそひそ内緒話をしている。

「何を話しているの？」

ジークリンデがエルフたちに顔を向けた時、近くでガサガサと草をかき分ける音がした。

「おや、何か甘い匂いがすると思ったら、君たち、僕を差し置いて優雅にお茶会かい？」

「フンダート。馬の世話を任せきりにしてごめんなさい。あなたの分はちゃんと取ってありますよ」

ジークリンデが場所を開けると、フンダートはくすくす笑いながら馬を木に繋ぎ、敷布に座った。

「冗談ですよ。馬の調子は問題ありません。このまま宿場街まで行くとしましょう」

話しながら、彼はクッキーをぱくっと食べる。

「うん、美味しい。これからはジークリンデ様のお菓子が毎日食べられるのかと思うと、年甲斐もなく嬉しくなりますね」

「フンダート。ジークリンデ様は忙しい方なんだ。毎日手作りお菓子をねだるなんて、さすがに虫が良すぎるぞ」

バルドメロがじろりと彼を睨んだ。

「いいのよバルドメロ。毎日はさすがに難しいけれど、時間を作って焼きますよ。私なんかのお菓子でよければ、だけど」

それだけで毎日の仕事に張りが出てくれるなら嬉しいものだ。

「ヴァイザー領ってすっごい田舎って聞きましたよ。お菓子の材料なんてあるんですか？」

エルフが訊ねるので、ジークリンデは「さすがにあるわよ」と苦笑いする。

「まあでも田舎ってことは否定できないですね。自然が豊かと言えば聞こえがいいけれど、帝都から出たことのない人にとっては不便に感じるかもしれません」

「ふうん。でもそれなら尚更、ジークリンデ様は大丈夫なんですか～？　だってずっとお城で、たくさんの使用人にお世話されていたんでしょ～？」

エルフが人の悪い笑みで、意地悪に訊ねる。するとバルドメロが割って入ってきた。

「お世話なら俺が全部やりますから、大丈夫ですよジークリンデ様！」

「いやいや、女の子じゃないとお世話は無理でしょ」

「なぜだ……!?」

エルフの呆れ声に、バルドメロが顰め面をする。

「……幼少の頃から、私にお付きの使用人はいませんよ。身の回りのことは全て自分でやってきました。最前線にいた頃だって、私に使用人が必要そうには見えなかったでしょう？」

ジークリンデは苦笑いを浮かべた。

「確かに！　私びっくりしましたもん。お貴族様なんて、みーんな誰かにお世話されなきゃ、自分のことなーんもできないって思っていましたから」

エルフの貴族観はだいぶ偏っているようだ。しかし、そういう貴族がいるのもまた事実である。

ただジークリンデは生い立ちが理由でわりと放置されていた。勉学も剣術も、自分から師を探して教えを乞うたのだ。

「だから大丈夫ですよ。それに私だって、あの最前線を生き抜いた端くれです。生きる、というだけならあなたたちと同じくらい優れている自信がありますよ」

ジークリンデは胸を張って言うと、エルフが「確かに！」と笑顔で同意した。

フンダートが紅茶を飲みながら静かな口調で言う。

「そうですね。ジークリンデ様はどんな時でも決して生きることを諦めませんでした。そして同時に、私たちにも生きることを諦めさせなかった。視察に訪れた貴族将校は全員、私たちに特攻と決死を命じていたというのにね」

「本当ですか？」

初耳だったので、思わずジークリンデは訊ねてしまう。するとフンダートは穏やかに微笑んだ。

「戦争をしているのだから、当然といえば当然の話です。でもそんな時代だったからこそ、あなたの存在が一際綺麗に輝いたんでしょうね。夢も希望も持たなかった我々に、ジークリンデ様はそれらを与えてくださいました」

「そ、そんなふうに言われるようなことをした覚えはないのですが……っ」

照れてしまって頬を赤くすると、バルドメロが「そんなことありません！」と勢いよく言った。

「なぜならジークリンデ様は、どんな時でも優しかった。そして、俺たちにたくさんのことを教えて下さったんですから」

「それって、文字の読み書きのこと？」

「はい。あと、キョウヨウ……？　もです。人との話し方とか、礼儀とか。あなたはいつも『戦争が終わったら必要になるから』と言って、教えてくれました」

「そういえば、最初の頃は驚きましたね」

ジークリンデは戦地に赴き、バルドメロたちに出会った時のことを思い出した。

「バルドメロったら私より年上なのに、まるで小さな子どもみたいな口調だったし、エルフは基本的に相づちしか打ってくれなかった。あなたたちは皆そんな感じでしたね。フンダートはもう少し喋れたけど、妙にひねくれていましたよ」

「ははは、あの頃の私は悲観的になっていたので」

フンダートが照れ笑いをする。そういえばバルドメロもエルフも他の団員も、よく笑うようになった。最前線での無愛想さが嘘のようである。

「……あの時、あなた方に教えたことが無駄にならずにすんで良かった。平和になった時代であの教えが役に立っているのなら、光栄なくらいですよ」

泥水で硬いパンをふやかして食べていた日々。夜も見張りの交替があったから、熟睡できたことは一度もなかった。

心の余裕なんて少しもなかったけれど、それでもジークリンデは最前線で過ごす日々を無為にしたくなかった。

──結局のところ、自己満足だったのだと思う。言葉の読み書きができず、教養もなかった彼らに数々のことを教えたのは、何かしたいと望んだジークリンデのエゴだったのだ。だから感謝されるいわれはないし、自分が押しつけた知識が平和になった世の中で役立っているのなら、これほど嬉しいことはない。

「それに私たちは、共に帝国を守る仲間でしょう。自分が持っているものを分け与えるのは当然のことですよ」

ジークリンデが言うと、バルドメロは眩しいものを見るかのように目を細めた。フンダートはやれやれと言いたげに肩をすくめて、エルフはくすくす笑っていた。

「そういう言葉を真面目に言うのですから、やっぱりあなたはすごいんですよ、ジークリンデ様」

まるで敵わないと言っているかのように、バルドメロははにかんだ笑顔を見せた。

第二章　新生活

帝都から十日かけて、帝国最北端に位置する辺境の地、ヴァイザー領に到着した。

領地の三分の二が険しい山に被われているため、領民は帝都民の半分にも満たない。

ジークリンデ一行がヴァイザー領に入って最初に向かったのは、領主が住まう屋敷だった。

「遠路はるばるご苦労だったね。久しぶりだ、ジークリンデ。君の噂はこの辺境にも届いているよ」

領主の部屋で、壮年の男性が両手を広げて歓迎してくれる。

「お久しぶりです、アルノルト叔父様」

ジークリンデは礼儀正しく礼をすると、アルノルトを見て目を和ませた。

アルノルト辺境伯。彼は皇帝の弟で、ジークリンデの叔父である。幼少の頃からの知り合いで、アルノルトが帝都に来た際にはよく話し相手になってくれた。

気さくで優しく、聞き上手。高慢な貴族が多い中、アルノルトのような人は非常に稀なタイプと言えよう。

だが逆に言えば、温和な人間だからこそヴァイザー領という僻地に追いやられた、とも言える。貴族社会は徹底した根回しと陰湿な策謀が渦巻く世界であるからだ。

「君たち騎士団の来訪を心から歓迎するよ。何せ我が領は常に人手不足だからねえ。特に衛兵なんて、みんな畑仕事と兼業してるからさ」

茶目っ気のある笑顔で言うアルノルトに、ジークリンデは苦笑いをする。

「秋の収穫などの繁忙期は大変そうですね」

「うんうん。種まき期と収穫期は、衛兵はみんな農作業に入るからね〜。でもこれからは、君たちに任せられる。領民も喜んでいるよ。何といってもあの救国の聖女、ジークリンデ皇女が自ら、我が領を守ってくださるのだからね」

ニコニコと言われて、ジークリンデは困り顔で微笑んだ。

「ご期待に応えられるよう、頑張ります」

「ああ、これからはここが君たちの住み処になる。末永くお願いするよ」

アルノルトはジークリンデの後ろに控える騎士たちにも目を向けて、気さくな笑顔を見せた。

「そうそう。うちの近くに別邸があるんだ。そこを騎士用の宿舎として提供しようと思っている。案内するから、見てみるといい」

アルノルトが率先して歩き出し、ジークリンデも彼に続いた。後ろからバルドメロと騎士たちもついてくる。

その別邸は、アルノルト邸が建つ丘を降りた先にある、湖のほとりに建っていた。遠目から見ても美しい、白亜の屋敷である。

「あんなに立派なお屋敷を使わせて頂けるんですか？」

「ああ。ちょうどいいだろう。実はあの屋敷は、前の領主が使っていたんだ。でも僕は使っていないし、使う予定もない。僕には妻も愛人もいない、身軽な独り身だからね」

アルノルトが明るく笑いながら言う。

「なるほど。あの屋敷が美しいのは前の領主が見栄を張るためだったんですね」

近くにいたフンダートが納得した顔をした。

そういえばとジークリンデは思い出す。アルノルトがこの領地に来るまで、このヴァイザー領は大貴族が失態を犯したり、皇帝の不興を買った際に余所へ飛ばされる格好の地だったらしい。

「贅を尽くした造りになっているから、住み心地は快適なはずだよ。一番の目玉は、何といっても温泉だね！」

まるで観光地の案内人のように、アルノルトは大きく手を広げて言った。

「この地に温泉が出ることは知っていましたが、屋敷の中でも温泉に入れるんですか？」

ジークリンデは目を丸くした。

「うん。とても広い浴場があるんだ。ま、その分掃除が大変なんだけどね。そこはなんとか綺麗に使ってくれ」

アルノルトは話しながら屋敷に近づく。そして玄関前でジークリンデに鍵束を渡した。

「これが、屋敷の鍵だよ。これは玄関扉、これは浴室、こっちは温室だ」

「温室もあるのですか～？」

ジークリンデに近寄ってきたエルフがびっくりした声を出した。

「ここに住んでいた側室が趣味人だったらしくて、前領主にいろいろ作らせていたみたいなんだよ。ちなみに、屋敷の隣に畑もある」

「すごいですね……」

バルドメロも感心したように言った。ここまで生活設備が揃っている場所に住めるとは思っていなかったのだろう。

するとアルノルトはひょいと肩をすくめて苦笑した。

「逆に言えばね、私は君たちに『自給自足』を薦めているってことなんだ。街に行けば野菜や肉が買えるけど、鍛錬や監視の仕事もあるのに、ここから毎日街まで行って人数分の買い物をするのは大変だろう？」

「確かに……その通りです」

ジークリンデは頷いた。ひとりやふたりならともかく、七人分の食料となるとなかなかの量になる。それにそもそも、辺境守騎士団に与えられた活動資金はさほど多くない。

「家畜も必要なら、私が所有している農場から何頭か譲ろう。はじめは慣れない生活に苦労するかもしれないが大丈夫だよ。君たちは若いからね。何でも実践あるのみだ」

はっはっはと気楽に笑うアルノルトに、ジークリンデや他の騎士も朗らかに笑った。

（……よかった）

ジークリンデは密かに心の中で安堵する。

ここでなら、心機一転して新たな生活を始められるだろう。アルノルトは自分たちを歓迎しているし、このまま領民とも仲良くできたら、きっといい関係を築き上げることができるはずだ。

その日の夜は、アルノルトの屋敷で晩餐会を開いてもらい、ご馳走を頂いた。

もちろん貴族と平民を分けるといった差別はない。辺境守騎士団全員が参加する形で、アルノルトが自ら料理の腕を振るってくれた。

山の幸や湖の幸を味わいながら、ジークリンデは明日からの新生活に思いを馳せた。


そして、次の日。

さっそく辺境守騎士団は業務を開始した。

早朝から全員集合して、まずは一番に確認しなければならない監視塔を視察する。

ヴァイザー領とラスカ山地の境目には関所があり、件の監視塔はその関所の近くに建てられていた。

次に一行は、寄宿舎の近くにある物見台にも向かった。

そこからもラスカ山地が見られるのだが、監視塔と比べると距離がある。通常の監視業務は、当番を決めて関所まで行く必要があるだろう。

物見台は、湖に近い丘の上。

「わあ～。落ちたら、湖にたたき付けられて潰れたトマトになりそうですね～」

エルフが物見台の屋上から下を覗き込む。その顔は実に楽しそうだ。

「ラスカ山地が一望できますが、ルセーヌ大河も見えますね」

双眼鏡で見ていたフンダートが指をさした方向に、ジークリンデは目を凝らした。

「肉眼だとぎりぎり見えるか見えないかって感じですね。あ！　あれは国境壁ですね」

ラスカ山地とハヴィランド帝国の境界には岩のように分厚い石壁が連なっている。あの壁は中世時代に建築されたもので、なかなか堅牢な造りになっているらしい。何でも、大砲の一門や二門ではびくともしないのだとか。

「ジークリンデ様、あまり端に行かないでください」

バルドメロが後ろから心配そうに声をかけてきた。

「でも端に行かないと、ちゃんと見えないわ」

「双眼鏡があれば真ん中から見ても大丈夫ですから」

「でも」

「駄目です。ジークリンデ様は、ここから先は禁止です」

バルドメロが前に出て、足で線を引く。

「もう、相変わらず心配性なんだから」

ムッと唇をへの字に曲げたジークリンデに、バルドメロは腕組みしてじろりと見下ろした。

「ジークリンデ様はここぞって時によくドジを踏むでしょう」

「そっ、そんなに踏んでないわよ！」

「最前線にいた頃、旗振りながら走ってずっこけていませんでした？」

バルドメロがそう言うと、他の騎士たちも思い出したように笑った。

「そ、それは赴任して最初の頃の話でしょ。旗が思ってたより重かったのよ！」

ジークリンデは顔を真っ赤にして言った。それはなかなかに恥ずかしい思い出なのである。

「帝国の強者たちよ私に続け、と勇ましく駆け出した途端にすっ転んで、俺たちはすっかり毒気が抜かれましたから。むしろ、俺たちどころか敵兵の足も止まっていましたね。ある意味伝説になっていますよ」

バルドメロはくすりと笑う。むむむ、とジークリンデの眉間に皺が寄った。

「まあまあ、ジークリンデ様。提案があるのですが、しばらくの間は、監視業務は私たちで交代しますよ。その代わり、ジークリンデ様には大切な仕事をお願いしたいんです」

場を取りなすように、フンダートが言った。

「大切な仕事……ですか？」

ジークリンデは首を傾げる。フンダートは「ええ」と頷いたあと、バルドメロに目配せした。

「できれば領民と積極的に交流して頂きたいんです。彼らにとって、我らは『余所者』ですからね。幸い、ジークリンデ様の勇名はこの領地にも浸透しているようなので、先に仲良くなって頂きたいんですよ。何事も最初が肝心ですからね」

「そ、それは……まあ、大切なことではありますね」

「ええ。今のうちに信頼関係を築いておかなければ、有事の際に混乱の元になる恐れもあります。バルドメロを護衛につけて、よく宣伝しておいてください。彼もまた歴戦の英雄だと多くの民衆に知られていますし、相貌も整っていますし、印象は悪くないでしょう」

そう頼まれたら、断ることはできない。本当は監視業務につきたかったけれど、領民の信用を得るのも大切だ。

「……わかりました。では、今からさっそく街を視察しましょう。ついでに買い出しもしますよ。いろいろと必要なものがあるでしょう？」

ジークリンデは皆が必要としている物資を手帳に書き記すと、バルドメロを連れて物見台を後にした。

なだらかな坂道を下れば、ふもとに宿舎が見えてくる。

「買い物の量が多いですから、馬に乗って行きましょう」

ジークリンデとバルドメロは厩に入る。十日ほど馬車を引いていた馬は充分に休養して疲れを癒やせたようだ。ジークリンデが馬のたてがみを撫でると、いつでも準備万端と言うかのように元気な嘶きを聞かせてくれる。

バルドメロはひらりと馬にまたがった。ジークリンデは彼の後ろに乗って、街に移動した。

ヴァイザー領唯一の街、クレスロ。

典型的な田舎町、といった感じだ。帝都とはまったく違う牧歌的な雰囲気に包まれている。

小高い丘には教会があって、こぢんまりした目抜き通りには生鮮食料品の店や、雑貨店、本屋、服屋などが並んでいる。

街に入る前で馬から降りると、バルドメロは馬の手綱を引いて歩き出した。

「あれま、もしかして帝都から来なさった皇女様ですかい？」

目抜き通りを歩くと、すぐさま声をかけられた。バルドメロがビリッと警戒の面持ちになるが、ジークリンデは彼の腕をぽんぽんと叩いてなだめる。

「はい。昨日よりヴァイザー領でお世話になっています」

笑顔で挨拶する。大切なのは第一印象。外交の仕事で学んだことである。

「おやまあ、話で聞くよりずっとべっぴんさんじゃねえか〜！」

肩に手拭いを引っかけた中年男が訛りの強い言葉で上機嫌に言った。いかにも農業を営んでいる、といった雰囲気だ。

「すっとんきょうな声上げてどうしたんだい？」

彼の声に誘われたのか、雑貨屋の扉が開いて、中年女性が現れる。

「ほれ、噂の皇女様だよ。救国の聖女様が来てくださったんだ」

「ええっ、領主様が仰っていたことは本当だったんだねえ！　あたしはてっきり、領主様が勘違いなさってるんだと思っていたよ〜」

「聖女様だって？　本当にこんな田舎に来なさったのか」

「皇女殿下！　こんな遠い所へようこそ。旅路は大変だっただろうに」

次から次へと領民が出てきた。

「皆さん初めまして。ジークリンデと申します。昨日より辺境守騎士団として着任致しました。名目はラスカ山地の監視業務ですが、それだけでなく、領地警備などの治安業務にも積極的に携わらせて頂きたいと思っています。どうかよろしくお願いします」

ジークリンデが頭を下げると、バルドメロも続いて頭を下げた。

「礼儀正しいんだねぇ～」

「何年か前に監視塔の視察に来なさった貴族様と全然違うねぇ～」

領民たちは感心したように何度も頷いた。

「こちらこそ、よろしくお願いしますよ～。このあたりはあまりに田舎だからか、領兵もろくにおらんのですわ」

「うちの倅が一応領兵ですが、週に三回、街の門に突っ立ってるだけですしのう。武器もありゃせんし」

「一応国境沿いの領地なんですが、なんせ隣はラスカ山地ですからな。あの山には山の民くらいしか住んでおりませんし、彼らとも良き隣人として交流しています。だから基本的に平和なんですわ～」

ははは、と領民たちは呑気に笑った。ジークリンデも穏やかな微笑みを見せる。

「山の民ですか。私も会ってみたいですね」

「実に気のいい奴らですよ。珍しい柄の織物や、川で獲れた魚なんかと、いろいろ交換するんです。帝国の調味料とか、紙とかね」

「でも最近は、彼らも少し不安がっていたから……帝国から皇女様率いる騎士団が来て、安心してくれると思いますよ」

ぴく、とバルドメロが耳聡く反応した。

「不安がっていた……。それは、ラスカ山地で何らかの出来事があった、ということですか？」

バルドメロが訊ねると、いつの間にか人だかりになっていた中で、女性たちが一斉にため息をつく。

「ずっと思ってたんですけど……」

「騎士団の男性って、顔がいいねえ～」

「顔だけじゃなく、声もいいわねえ」

「あんた帝都じゃモテてたでしょう。いい目の保養だわね～」

女性たちがじりじりと距離を詰めてくる。いつも笑顔か無表情のバルドメロにしては珍しく困惑した様子で、一歩二歩と後ろに下がった。

「ジ、ジークリンデ様っ」

「ごめんなさい。バルドメロはこう見えてあまり女性に慣れていないんです」

くすっと笑ったジークリンデは、さりげなくバルドメロの前に立った。後ろで彼が露骨にホッと安堵している。

「そうなの？　意外ねえ」

「でもそれはそれで、初々しくていいわね～」

女性たちはキャッキャッと嬉しそうに話している。残念ながら、彼女たちから有益な情報は得られなそうだ。ジークリンデは改めて男性たちに目を向ける。

「もし山の民の皆さんが不安に思っていることがあるのなら、騎士団でも対応させて頂きたいのです。できれば直接お話を聞かせてもらえませんか？」

「そうだなあ。今の時期だと、たぶん近いうちに来るんじゃねえかな」

「もし街で見かけたら声をかけときますよ。んで、領主様にでもお知らせしておきますわ」

「よろしくお願いします。……それにしても、ここは素敵な街ですね。団員に頼まれて食料品や野菜の種などを買いに来たのですが、本屋もあるとは思いませんでした」

ジークリンデは話題を変えた。仕事の話だけをしても信頼は勝ち取れない。外交でもそうだったが、世間話は大事なのだ。その中でさりげなく相手の故郷や住んでいる場所を褒めると、好印象を持たれやすい。あと、ジークリンデが個人的に本が――特に戯曲が好きなので、本屋があるのは素直に嬉しかった。

「ははは、皇女様にお褒め頂けるとは嬉しいなあ。本屋はもともと、帝都からこっちに越してきた貴族様が道楽でやり始めたんだよなあ」

「それ、ずいぶん前の話よね。今も一応、新しい本を入荷する時もあるけれど、ほとんど古本なの。前の領主様がここを去る時、処分する本を大量に運んできたからね～」

「そうそう。小難しい文字ばっかりのよくわからん本ばかりで、腹の足しにもならんし、客もぜんぜん入らん。そもそも本屋の主人がいつも寝てるじいさまなんだよな～」

どうやら領民にとって本は娯楽の対象になっていないようだ。でもジークリンデは、前の領主が手放した本というのが気になった。もしかしたら、自分がまだ読んでいない戯曲が見つかるかもしれない。

「それよりも、この街の名物といえばあれよ、あれ」

女性がニコニコしながら目抜き通りの向こうを指さす。ジークリンデがその方向に目を向けると、そこには白い噴水があった。

「素敵な噴水ですね」

「うふふ、ただの噴水じゃないのよ。なんとあれは温泉なの」

女性が嬉しそうに手を叩く。

「仕事が終わったあとは、みんなあそこで休憩するの。お湯に足を浸すと、疲れがみるみる取れるのよ」

「皆の憩いの場所でもあるなあ。ここは辺鄙な街だが、温泉が出るところだけは唯一、街の長所と言えるぞ」

中年男性が胸を張って誇らしげに言う。ジークリンデはくすくすと笑った。

「私も温泉に浸かるのがとても楽しみです」

ほどよく場が和んだところで、ジークリンデはいくつかの店に案内してもらった。

雑貨屋で野菜の種や調味料、数日分の食料を購入して、最後に少しだけ本屋を覗いたあと帰路につく。

馬に荷物を載せて、ジークリンデは手綱を引くバルドメロの隣を歩いた。

「このあたりは食料品が驚くほど安いわね。帝都市場の相場の半額くらいで買えたわ。そのかわりと言ってはなんだけど、調味料は割高だったわね」

ジークリンデがそう言うと、バルドメロは「ええ」と頷いた。

「野菜や肉は現地調達できますが、調味料は帝都から買い付けているのでしょう」

「そんな感じよね。う～ん、そうなってくると、調味料はある程度自分たちで調達したほうがいいかもしれないわ。塩や砂糖は買うしかないけれど、香草は畑で育ててみてもいいわね」

「俺は農作物の知識がぜんぜんないからお役に立てませんけど、フンダートならいい知恵を出してくれると思います。それから料理は、エルフが上手ですよ」

「……そうなの？」

「ええ。帝都の騎士宿舎でよく作ってくれました」

ふうん、とジークリンデは相づちを打つ。そういえば、最前線にいた頃は料理をする機会がほとんどなかった。いつも粗末な配給品を口にしていたのだ。

たまにジークリンデが料理をすることはあったが、エルフが台所に立ったところは見たことがない。

「私もエルフの料理が食べてみたいわ。お願いしてみるわね」

「はい。きっと喜んで作りますよ。俺たちが散々味見をしたから、彼女も自信がついていると思います」

バルドメロがニコッと微笑んだ。

思わずどきりと、ジークリンデの胸の鼓動が音を立てる。

(どうしてかしら。彼の笑顔には時々、妙にどきどきしてしまうわ)

自分の気持ちを落ち着かせるために、ジークリンデは何度か深呼吸をする。

いつからだろう。戦時中からだろうか、それとも終戦後からか。バルドメロのほんわりした笑顔を見ると、胸の中から熱が零れ出すように、身体が温かくなるのだ。そして胸の鼓動がやけに速くなる。

(もしかすると、私は、彼の変化を嬉しく思っているのかもしれない。今のバルドメロは、初めて会った頃の彼とは別人みたいだもの)

――最初のバルドメロは、そう。名前も持っていなかった。

『バルドメロ』という名を与えたのも、ジークリンデであった。

最前線でバルドメロと出会った頃、彼を示す名はなぜか数字だった。2を指す、ツヴァイと呼ばれていたのだ。

しかも不可解なことにツヴァイと名乗る兵が複数人いたのである。同じように、エルフも数人いた。

同じ名前がたくさんいると、個人を呼ぶ時に困る。だからジークリンデは数字を名にする兵全員に名前をつけさせてほしいとお願いした。

エルフにも名をつけたのだが、『エルフ』は彼女しか生き残らなかった。だから彼女は『エルフ』と名乗り続けることを選んだ。『ツヴァイ』はバルドメロしか残らなかったのだが、彼はバルドメロと名乗りたがったので『バルドメロ・ツヴァイ』という名になった。

それぞれの意志を尊重する形で、最前線で生き残った兵たちは元の名を名乗ったり、あるいはジークリンデがつけた名を名乗ったりしている。

「そういえば、私、最前線で戦っていた時のみんなしか知らないのよね。停戦後帝都に戻ったあとは住む場所も別だったし、バルドメロやみんなの趣味とか、好きなこととか、全然知らないわ」

そう口にして、何だか急に寂しくなった。

あの戦いを生き抜いた仲間なのに、ジークリンデはバルドメロたちの私生活を殆ど知らないのだ。エルフが料理好きだということだって、初耳だったくらい。

ああ、だからだろうか。さっき領民と会話していた時に、少し嬉しくなったのは。

「何かいいことがあったんですか？」

ふと、バルドメロが訊ねてきた。ジークリンデが見上げると、彼は口元に人差し指を当てる。

「何だか笑っているようなので」

「ええ。ちょっと思い出し笑いをしてしまったの。さっき、たくさんの女性が近づいてきて、バルドメロったらすごく困った顔をして、私の名を呼んだでしょ」

そう言うと、バルドメロは先ほどのことを思い出したのか、困った顔をして鼻の先を掻いた。

「あなたって、どんな時でも冷静に対応するのかなって思っていたから、そうでもない事が知れて嬉しかったの。バルドメロも慌てたり困惑する時があるのね」

「むむ……。ジークリンデ様は俺を誤解しているみたいですね」

バルドメロは馬のたてがみを撫でながら、苦笑いをした。

「俺はいつも焦ったり困ったりしてるじゃないですか。今日だって物見台で、ずっと慌てていましたよ」

「そういえば……確かにあなたは私のことになると、いつも心配性になるわね。普段は何でも冷静に片付ける印象なのに」

戦場を駆ける時も冷静で、勇敢だった。戦後、帝都に戻ったあとも、彼は騎士団の務めを淡々とこなしていた。

彼が感情を揺らすのは、いつもジークリンデに関することだけ。

それゆえに、ジークリンデ以外のことでたじろぐバルドメロが珍しかったのだ。

「………………」

バルドメロはしばらく黙って歩く。

やがて彼はゆっくりと口を開いた。

「それは、俺にとってジークリンデ様が――」

「ん？」

横を向く。するとバルドメロはやけに真剣な表情で、ジークリンデを見つめていた。

しかしすぐに前を向いて馬を引く。

「いえ……単純に、他人に近づかれるのが苦手なんですよ。どう対応したらいいのか、わからなくなるので」

ははは、と困った顔をして微笑んだ。

「そうなの？　じゃあこれからは、私と一緒に領民たちと仲良くなれるよう頑張りましょう。私の護衛につくということは、嫌でも会話をする機会が訪れるってことなんだから」

「はい。努力します」

「……こんな平和そのものの街で、私の護衛なんて要らないと思うのだけれどね」

「それは駄目ですよ。どんな場所であっても、あなたの立場は変わりません」

「変なところでバルドメロって頑固よね。フンダートもだけど」

ぶつぶつ呟くジークリンデを、バルドメロは目を細めて見つめた。

「あなたは俺にとって大切な人なんですから。そこは諦めてください」

優しい声色でそう言われると、妙に顔が熱くなってしまう。ジークリンデは照れ顔を隠すように横を向いて「我ながら難儀な立場ね」と呟いた。

第三章　忠犬の恋路は前途多難

——夢を見る。

バルドメロが見る夢は、いつも過去の回想だった。

飼育室で過ごした日々、戦場で過ごした日々。時折ジークリンデが登場すると、目覚めた時の気分がとても良い。

だから、夢の中にジークリンデが現れて、バルドメロは嬉しくなった。

『バルドメロ、今日は読み書きの勉強をしましょう』

最前線の夜。今にも崩れそうな砦の中で、ジークリンデはろうそくに火を灯した。

本当は、他にもジークリンデの授業を聞く兵がいたのだが、夢の中ではふたりきりだった。都合が良すぎるのは、これが過去の回想とはいえ夢だからだろう。少なからず、バルドメロの欲が顔を出しているのだ。

ジークリンデは剥き出しの地面に、細い枝で字を書き始める。

『なんて、書いてるの？』

昔のバルドメロは言葉が拙かった。

『これはジークリンデ。私の名前を書いたのよ』

バルドメロは目を丸くする。これがジークリンデ。彼は指で文字をなぞった。そしてすぐに枝を取って自分も書き始める。

『ジークリンデ、ジークリンデ……ジークリンデ』

文字の読み書きなんて必要ないと思っていた。戦場において、何の役にも立たない知識なのだと。しかし彼女の名前を書いただけでガラリと世界が変わった。

この文字は、なんて綺麗な形をしているのだろう。

他にも知りたい。ジークリンデに関することなら何でも知りたい。

『上手よ。初めて文字を書いたとは思えないくらい、丁寧に書かれているわ』

それはそうだ。だってジークリンデの名前なのだから。

『他には？　他の文字はないの？』

『いっぱいあるわよ。じゃあ次は、私が好きな花の名前ね』

ジークリンデは地面いっぱいに文字を書いて、バルドメロはその字を懸命になぞった。

ひとつ文字を知るたび、ジークリンデとの距離が近づいた気がした。

ジークリンデが来るまでは、夜はつまらないものだった。

でも彼女が現れてから、とても楽しい時間に変わった。

真綿が水を吸い取るように、バルドメロはみるみるうちに知識を得ていく。

夜の授業が楽しみになって、死にたくないと思うようになった。明日も明後日も明明後日（しあさって）も、ジークリンデと一緒にいたい。

つかの間の休息を経て、朝に鐘の音が鳴る。

アリアト大橋の対岸から、共和国兵が怒声を上げながら進軍してくる。

それを迎え撃つのはハヴィランド帝国の兵。バルドメロの目の前で、ジークリンデが大きく旗を振った。

『我らが皇帝のために！』

『皇帝のために！』

ジークリンデが声を上げて、多くの兵がそれに続く。そしてジークリンデは先陣を切って走り出した。バルドメロは今日も剣を携え、彼女の後ろを走る。

——その時だった。

ジークリンデの足元で突然爆発が起きたのだ。

『ジークリンデ！』

バルドメロは慌ててジークリンデを庇おうとする。だが、一歩遅く、ジークリンデは爆発に巻き込まれた。

『くっ……夜のうちに火薬をしかけていたのか』

『何と卑劣なっ！』

帝国の兵たちは怒り、共和国兵に憎しみの目を向けた。

アリアト大橋は、ルセーヌ大河にかかる唯一の橋だ。これが破壊されると、お互い進軍が難しくなるため、橋に危害を加える行為は避けるのが暗黙の了解だった。

……だから、油断した。それだけはやらないと思い込んでいたのだ。

『ジークリンデ、ジークリンデ！』

爆風で視界が悪くなる中、バルドメロはジークリンデを抱き上げた。

彼女は怪我を負い、ぐったりしていた。彼女の額からは血が流れていて、その血がバルドメロの手に滴り落ちる。

ぷつ、と何かが切れる音がした。

『許さない……』

不思議だった。怒りではらわたが煮えたぎっているのに、なぜか頭の中はすっきりしていて、解放的な気分でもあった。

こんなにも、持てる力を全て使いたいと思ったのは初めてだった。

使い古した剣を握りしめる。

『許さない。全員――殺してやる！』

一閃。爆風すらも切り裂いて、目の前にいた敵兵の首から血が噴き出る。

悲鳴を上げる前にそれは倒れて、次から次へと新たな敵が現れた。だから、次は剣を片手で握って横薙ぎにする。

重量のある剣が、やすやすと敵兵の胴を切断した。バルドメロは地面に落ちていた剣を足で蹴り上げて拾い、空いていたほうの手でその柄を握る。

そしてまた一閃。誰かの首が飛ぶ。

──あぁあああ！

それは獣の咆哮のようだった。バルドメロは力の限り叫んで走り出す。

目の前にいる者は全て斬った。大量の血しぶきが飛び、雨になる。死体が川に落ち、大橋と川が真っ赤に染まって、バルドメロの身体も赤く染まる。

『待て、俺は味方だぞ!?』

『駄目だ。見境が無くなっている。逃げろ！』

味方にも問答無用で斬りかかって、兵たちは転がるように後退した。

(許さない、殺す。許さない……全部殺す)

考えていることはそれだけ。浴びた血が目に入り、琥珀と赤が混じり合う。

容赦など一切しない。ジークリンデを傷つけた者が共和国の人間であるのなら、あの国に生きる人間全てを殺してやる。

『あぁあああっ！』

咆哮を上げながら、新たな獲物を切り裂こうと腕を振り上げた時。

『バルドメロ、駄目よ！』

後ろから、誰かが抱きしめてきた。同時にふわりと優しい匂いがする。

甘くて綺麗な花みたい。強烈な血の匂いが混じっていてもすぐにわかる。大好きになった匂い。

『ここには味方もいるのよ。だから誰彼構わず斬っては駄目。落ち着いてバルドメロ』

後ろを見た。頭に包帯を巻いたジークリンデがいて、バルドメロを抱きしめていた。

『大丈夫……私は生きているわ。怪我もたいしたことはない。さすがに大量の火薬はしかけられなかったんでしょう。彼らもアリアト大橋の重要性は理解しているのよ』

ジークリンデはそっとバルドメロの頬に触れ、目尻についた血を親指で拭った。

『だから戻って来てバルドメロ。私に優しい笑顔を見せて』

生きている。微笑んでいる。

両手から剣が滑り落ちて、ガランと音が鳴った。

『ジークリンデ様……！』

思わず彼女を抱きしめた。柔らかくて温かい。彼女の心臓の鼓動が伝わってくる。

とくとくと愛おしい心音を聞いていたら、少しずつ気持ちが落ち着いてきた。血に酔う感覚も、人を殺した時の爽快感も、すべてが遠くなる。

『良かった』

生きていてよかった。無事でよかった。

まるで時間が止まったみたいに、敵も味方も動きを止めてジークリンデとバルドメロを見つめていた。

――いや、恐らくはやっと猛獣の動きが止まったと安堵していたのだろう。

彼らはその時学習した。ジークリンデを傷つけるということは、混戦状態の戦場に猛獣を放つのと同じことだと。

その猛獣は彼女の声しか聞こえない。

ジークリンデだけが、見境のない猛獣を忠犬にできるのだ。

朝日が昇ると同時に、バルドメロは目を覚ました。

ふかふかの寝台はとても寝心地がいい。こんな寝台で寝られる日が来るとは思わなかった。騎士の宿舎にあった寝台は地面と同じくらい硬かったことを思い出す。あれはあれで、土の匂いがしないだけましだったのだが。

「はあ」

軽く息を吐いた。目覚めの気分は上々だ。夢の中にジークリンデが出てきたからだろう。

起き上がって窓を開けると、目が醒めるような冷風が飛び込んできた。

帝国の夏の季節はそろそろ終わりを迎えている。この地域には早くも秋の気配が近付いていた。

ヴァイザー領でのラスカ山地監視の業務に就いて、あっという間に一ヶ月が経っている。

バルドメロは顔を洗って歯を磨いたあと、いつもの騎士服に着替えて部屋を出た。

「あら、おはよう」

突然声をかけられた。横を向くと、洗濯かごを両手に持ったエルフが立っていた。

「ああ、おはよう」

バルドメロは、ジークリンデには敬語を使うが同僚には普通に話す。特に、同じ飼育室育ちだと気安くなりがちだ。

「今日も朝の鍛錬？　毎日飽きもせず、精が出るね〜」

「日課だからな。そっちは洗濯か」

「そうそう。アルノルト様のメイドと一緒にね。ここに赴任してから、私ったらメイドの仕事しかしてない気がするよ」

「……肝心の腕は鈍らせるなよ」

楽しそうで何よりだが、一応釘は刺しておく。エルフは「もちろん」と頷いた。

エルフは十一番の飼育室で育った。彼女から聞いた話によると、十一番――エルフは、主に暗殺術に特化している。

相手を油断させるため、暗殺部隊は少女で構成されていた。

エルフは十一歳になるまで暗殺をし続け、その後は最前線に送られるのだ。

彼女は暗殺対象者の懐に入るために、ありとあらゆる方法を学んでいる。

『女』という武器を最大限に利用するため、艶技が得意で、メイドに扮することが多かったため、家事全般も得意である。

「ジークリンデ様には感謝しなくちゃね。まさか、こんなに平和な所で働けるなんて思ってもみなかったもの。あたしなんか廃棄寸前だったし」

終戦後、飼育室の需要がなくなり、解体が決まった。飼育室の管理者が困ったのは、そこに収容されていた子どもたちの扱いだった。

中でも十一番の暗殺部隊は完全に持て余されてしまった。

戦争の混乱に紛れて、時に自国の要人を殺し、貴族同士のいがみあいで幾度も暗殺の道具にされてきたエルフたち。

自然と国の裏事情に詳しくなってしまった彼女たちを野放しにするわけにはいかず、内々で廃棄――つまり、処刑することになった。

ひとり、またひとりと殺されて、最後のエルフ、バルドメロが知るエルフの順番が来た時。

なぜか止められて、解放された。『誰』が止めたのかは教えてもらえなかったが、フンダートは皇帝ではないかと言っていた。

帝国において禁忌の存在、飼育室。表向きはないものとされている。しかし皇帝ならば、存在を知っていてもおかしくない。

あくまで秘密裏に、誰にも知られないまま、密かに飼育室は消えた。

だから当然、ジークリンデは飼育室のことを知らない。

「それにしても、ヴァイザー領は想像していたよりもずっと辺鄙な場所だな。畑と山しかない」

「私にとっては夢のような楽園だよ。まあ、いきなり田舎暮らしになってしまったジークリンデ様はご愁傷様～って感じなんだけど」

「……でも、ジークリンデ様も心なしか、帝都よりも伸び伸びしている気がする。領民とも仲良くやっているし、彼女の人当たりの良さはさすがだな」

「そうね。さすが救国の聖女と呼ばれるだけのことはある。彼女の人たらしぶりは、私の艶技を超えるもの。だって私ですら、彼女に魅了されたんだから」

ふふっとエルフは笑った。

彼女とジークリンデは仲がいい。女同士、ということもあるのだろう。

戦場で初めて会った頃、エルフはジークリンデをよく思っていなかった。しかしジークリンデから彼女に歩み寄り、そして何かと世話を焼き始めた。

返り血を拭きもせず、そのままにしているエルフに『女の子であることを忘れてはいけない』と窘め、貴重な清水を使って顔を拭った。

最前線で、エルフを『女』として扱う時は、乱暴する時だけ。

誰もが見て見ぬふりだった。エルフを助けなかった。『そういう道具』と思われていたからだ。

ジークリンデは彼女がそう扱われているのに気付いたのか、それとも気付いていないのか。本当のところはわからないが、エルフのことをとても気にかけていた。そして彼女をひとりにしないように守っていた。

エルフはその時のことを思い出しているのか、遠くを見る。

「面白い……不思議な人だよね。あんな地獄で未来のことを考えようなんて言い出して、私に名前をつけて、そして、勉強会まで始めちゃって」

殺す以外何も知らなかったバルドメロたちに、ジークリンデは読み書きや礼儀を教えた。

多くの兵はあまりいい顔をしなかったし、中には時間の無駄だと言う者もいたが、ジークリンデは自由参加だからと言って、砦の片隅で勉強会を開いていた。

興味を示す者、あるいは示さない者もいたけれど……。

少なくとも、バルドメロは毎回参加していた。途中からエルフやフンダートも参加した。そして一年かけて、バルドメロは読み書きができるようになり、礼儀作法も身についたのだ。

他にも、ジークリンデの趣味だという戯曲の物語を聞いたり、寝る前に歌を歌ってもらったり、彼女はバルドメロたちにたくさんのことをしてくれた。

もっとも、バルドメロに限ってはそれ以上の感情を抱いているのだが。

飼育室育ちの者がジークリンデを慕っているのは、このような経緯があったからだ。

「戦争が終わったあと、あの勉強会で学んだことが本当に役に立ったから驚いた。逆に飼育室で学んだすべてが役に立たなくなった」

「私たちは戦争で役立つために作られたのだから、平和になったら役立たずになるのは仕方ないね」

ふふ、とエルフが笑う。

「だからこそ、私に『人の生き方』を教えてくれたジークリンデ様には感謝しているの。んじゃ、私は洗濯してくるから。次は朝食時に会いましょう」

洗濯かごを両手に抱えて走って行くエルフを見送って、バルドメロは訓練場に向かおうとし……ハッと思い出す。

「そうだ。フンダートに朝来るように言われていたんだった」

昨晩、手伝ってほしい作業があるから、朝食前に来るように言われていたことを思い出したバルドメロは、屋敷を出て農園に向かう。

屋敷に住み始めて一ヶ月が経ち、バルドメロを含めた騎士たちはようやく生活が落ちついてきた。基本的に、自給自足できるものは自分たちでまかないつつ、足りないものは都度街で買い足している。

屋敷の敷地内にある農園には、騎士総出で耕した畑や、手作りの柵で囲んだ農場があった。

アルノルトに譲ってもらった牛や鶏を飼いつつ、畑で野菜を育てているのだ。

ヴァイザー領に来てから、一度も騎士らしいことをしていないな、とバルドメロは小さく笑う。もっとも『騎士らしいこと』とは何なのか、未だによくわかっていないのだが。

(少なくとも、上級騎士は嫌いそうなことばかりだな)

貴族出身の騎士は基本的に素手で土に触れるのを嫌う。もちろんジークリンデは別だが。

戦時中、上級騎士が視察で最前線に来た時は大変だった。とにかく不衛生なのを嫌うので、あなぐらのような砦で寝起きするのはもちろん、食事も口にしなかった。常に不機嫌で、貴族用の部屋はないのかとか、貴族用の食事は別で用意していないのかとか、文句ばかり言って帰っていった。何のために視察に来たのかさっぱりわからなかった。

フンダートとジークリンデ曰く『最前線を経験したという経歴が欲しかっただけ』だぞ

うだが……。

昔のことを思い出しているうちに、農園に到着した。

バルドメロがガラスに被われた小屋に入ると、中ではフンダートが植物の世話をしていた。

「おはよう、フンダート」

「ああ、おはようございます。バルドメロ」

フンダートはにっこりして立ち上がる。

彼もまた、バルドメロやエルフと同じ、飼育室育ちの人間である。百番飼育室にいたそうだ。彼はエルフ以上に特殊な役割を持っていて、主に飼育室の人間を管理、指導する立場になるべく育てられたらしい。非常に優れた能力が求められるので、飼育室での訓練内容はバルドメロやエルフよりも過酷で、それこそ百人にひとり生き残るかどうかというほどなのだという。

そんな飼育室で生き延び、さらに最前線で最も長く兵役についていたフンダートは、文字通り生き字引のような存在だった。

困ったらフンダートに聞け、と誰もが言っていたくらいだ。上級騎士すらフンダートの言うことは聞いていた。

エルフのような暗殺部隊の指揮も任されることがあるため、暗器の扱いに手慣れており、また、博学であるため現場に生えている草を利用して猛毒を作るのも得意である。

そんなフンダートは今、農場の管理を一手に引き受けている。植物を触らせて彼の右に出る者はいないし、また、フンダートは動物の扱いも上手だからだ。

「昨晩、手伝ってほしいと言っていただろ？」

「そうなんです。朝の訓練があるのは重々承知していますが」

「構わない。朝の訓練は……まあ、暇を持て余してやっているに過ぎないからな」

エルフは家事、フンダートは畑仕事。ふたりともすでに技術を身につけているから仕事が持てる。他の騎士も、飼育室出身ではあるが手先が器用だったり、愛想がよかったりなどの長所を持っていて、街での買い出しや柵造りなど、できることをやっている。

しかしバルドメロだけは、それらが難しかった。

繕い物をやってみたら生地ごと破いてしまうし、柵は隙間だらけの造りになってしまって、家畜を囲うことができない。

顔はいいらしいのだが……悲しいことに、バルドメロは愛想笑いが不得意だった。

ジークリンデが一緒にいる時はいくらでも笑顔になれるのだが、彼女がいなくなると途端に表情筋が固まってしまう。今だってぴくりとも口角が上がらない無表情だ。

ジークリンデがいないと、途端に自分は道具のようになってしまう。

しかし、辺境守騎士団が今の生活に早く馴染めるようにあちこち工面して走り回っているジークリンデにずっとくっついているわけにはいかない。

正直なところ、バルドメロは時間を持て余していた。やることがない。自分で見つけられない。できることといったら、単純な力仕事や、山で狩猟するくらいなものだった。

「じゃあ、このポットに種をまいてください。それから、水やりもお願いします」

フンダートが小さなポットと種をたくさん渡してきた。バルドメロは頷き、棚にポットを並べて土を摘まんで入れ、種を埋めていく。

ちらりと横目でフンダートを見れば、彼は育った植物の剪定を行っていた。

ぱちんぱちんと、鋏で枝を切る音がする。

「……平和は、退屈ですか？」

ふと、フンダートに訊ねられた。ぴたりとバルドメロの手が止まる。

「退屈、ではない。ただ……意外とできることが少ないな、と思う」

戦争が終わって帝都に帰還すると、飼育室の管理者たちは最前線の生き残り――飼育室育ちの人間をどうするか悩んでいた。

殺すことにしか特化していない、平和の世になれば役立たずの、生きた道具。

本当は、エルフのように内密に処刑したかったようだが、特にバルドメロはそうはいかなかった。

なぜなら、ジークリンデのそばで最も功績を上げたのは、彼だからだ。

最前線には時々戦場記者が取材に来ていて、帝国軍の戦いぶりを新聞にしていた。

精緻（せいち）な金細工のように輝く白金色の髪に、燃え盛る炎のような赤いマント。白亜の装飾鎧を身につけた皇女は凛々しく美しい。華奢な身体で旗を振る姿はまさに戦場に咲く一輪の花。

その皇女を守る大柄な黒髪の男は、獣のような琥珀色の瞳を光らせ、獰猛（どうもう）にことごとく敵を屠る。その姿は煉獄の炎を纏う鬼のようで、記者は畏怖を覚えると同時に希望を見た。

彼がいれば、帝国が負けることはない、と。

ふたりが戦う姿は何よりも絵になり、記者はこぞって写真を撮った。帝国民は新聞を読み、その英雄ぶりに歓喜した。

そして、マリウス皇帝はバルドメロが帰還すると同時に、彼に勲章を授与して、爵位を与えてしまったのだ。ここまで目立ってしまうと、理由もなく処刑するのは難しい。

そんなわけで、飼育室の管理者は彼らを新たな檻に閉じ込めることにした。

すなわち、騎士団への入団である。まとめてジークリンデの部下にするよう、政治の裏側から働きかけた。そして彼女を邪魔に思っている皇妃をそそのかして、僻地へ飛ばすよう助言をしたのだ。

結果、辺境守騎士団という師団が新たに設立され、騎士長となったジークリンデはもっともらしい理由でヴァイザー領に左遷された。

邪魔者と厄介者を同時に追い払うことができて、皇妃も飼育室の管理者も安堵していることだろう。

「俺も、殺すだけじゃなくて、他にも、何か……覚えたかった……な」

ポットに種を埋めながら、バルドメロはぽつりと話す。

「今からだって遅くないですよ。ゆっくり覚えたらいいんです」

フンダートはぱちんと鋏で枝を切って、葉を籠に入れていく。

「ここには、失敗してもうまくいかなくても、罰を与える人間はいないんですから」

バルドメロはその言葉を聞いて、遠い昔を思い出す。

「そうだったな。ここは、あそこと違うんだった」

失敗はすなわち死。それが日常だった。もしかしたら自分はまだ、あの飼育室から完全に出られたわけではないのかもしれない。心が未だ囚われている。そんな気がする。

「それに、やらねばならないこともない。自分のやりたいことをやればいいんです」

「……やりたいこと？」

振り返って首を傾げると、フンダートはニッコリと微笑む。

「ええ。帝都の奴らは私たちを厄介払いしたんですから、私たちは私たちで、勝手に幸せになればいい。少なくとも私はそう思いますね。だってこんなに住みやすい場所なんですから」

フンダートは葉でいっぱいになった籠をバルドメロに見せた。くんくんと匂いを嗅いでみると、ふんわりと香草の匂いがした。

「確かに、住みやすいな。畑はある、山には獣がいる。このガラスの箱では、畑では育たない植物を育てられるんだったか」

「ええ、温室ですよ。わりと新しい農業技術なんですが、ここは温泉が近いでしょう。地熱を利用できるぶん、帝都の温室よりも管理が楽なんですよね」

温室で植物を栽培できるのが楽しくて仕方ないのか、フンダートは鼻歌を歌い出した。

夢中になれるものがあって羨ましいな、とバルドメロは思う。

「俺も、フンダートのように博学なら、やりたいことをすぐに見つけられたんだろうな」

「そんなことありません。目を瞑って頭にふわりと思い浮かんだもの。それがあなたのやりたいことですよ」

籠を棚に置いたあと、違う植物の剪定を始めながらフンダートが言った。

「目を瞑って……か」

試しにバルドメロは目を閉じた。

頭に思い浮かぶのは、当然というか、予想通りというか、ジークリンデだった。

ジークリンデの傍にいたい。

ずっといたい。

常に一緒に行動したい。

この瞳に彼女を映していたい。

――守りたい。全ての障害を寄せつけないようにしたい。

そして叶うことなら、あの髪に、頬に、柔らかそうな唇に……。

突如、バルドメロはカッと目を見開いた。何だか今、とてつもなく卑猥な望みを考えた気がする。口を手で被って、己の唇を噛みしめる。

「どうしました？」

「い、いや、なんでもない……」

バルドメロは急いでポットに種をまき、じょうろで手早く水をかけた。

「種まきと水やり、終わったぞ。他に手伝いはいるか？」

「おや、仕事が速いですね。助かりました。もうありませんよ」

「なら、俺は朝の鍛錬に行ってくる」

バルドメロは逃げるように温室から出た。そして騎士団の訓練場としている広場まで一気に走る。

「はあ……」

野っ原も同然の広場で、バルドメロは天を仰いだ。

今日もいい天気だ。澄み切った青空が広がっている。

長閑で心地良い。まるで楽園のよう。幼い頃の自分は想像もしなかった世界だ。

「わかっている。……気付いている」

自分自身に言い聞かせるように、呟いた。

自分のやりたいことなんて初めから決まっている。自分の人としての生はジークリンデが与えてくれた。

バルドメロにとってのすべてはジークリンデで、ジークリンデがいない世界なんてこの世の終わりだ。

だから守りたい。ずっと一緒にいたい。叶うなら一日中寄り添っていたい。

頼られたい。話しかけてもらいたい。微笑みかけてほしい。

……触れたい。匂いを嗅ぎたい。抱きしめたい。

バルドメロは力なく地面に寝っ転がった。

他の騎士たちは皆、自分にできることを見つけて、ちゃんとやっているのに。自分はジークリンデのことしか考えていない。おまけに劣情まで抱いている。

なぜだろう。戦争をしていた頃のほうが、充実していた気がする。

殺すことしかしてなかったはずなのに。今のほうが、できることは多いはずなのに。

「やっぱり俺は、人になりきれないのかな」

自分の欲しいものはジークリンデ。人生の師であり、尊敬する彼女に劣情は抱いてはいけないと思っていながらも、その気持ちを消すこともできない。

ジークリンデ以外に欲しいものはないし、ジークリンデに関すること以外に興味が湧かない。

「早く会いたい。ジークリンデ様は今、何をなさっているんだろう」

毎日顔を合わせているのに、ほんの少し会っていない時間が永遠に感じられる。

バルドメロは小さくため息をつくと、ゆっくり起き上がった。

「訓練、しよう」

今、自分にできることといえば、いかなる時でも瞬時に動けるように身体を鍛えておくことだ。ジークリンデを守るためだと思えば、どんなに自分を虐めても耐え抜く自信がある。

バルドメロは上着を脱ぐと、その場で腕立て伏せを始めた。その後は腹筋、屈伸。毎日同じ回数をこなして身体を温めたあとは、剣術訓練。

バルドメロの剣術は飼育室で学んだものだが、最前線で戦っていた時、他の兵からそれは『帝国剣術』という型であることを教えてもらった。

中世時代から存在する古い型で、それを見栄えよく昇華させた型が『貴族剣術』と言うらしい。こちらはジークリンデが得意としている型だ。

無論、剣術の名称なんてどうでもいいとバルドメロは考えているが、ジークリンデの剣術は美しかった。殺傷能力は低いが、見蕩れるほど綺麗だから好きだった。

決められた型を正確になぞる。

力を込めて剣を振るう。

中世時代の帝国は混沌としていたそうだ。三百年戦争は気の長い戦争ではあったが、相手は一国だけだった。しかし中世時代は、イベク共和国以外にも、ラスカ山地から海を隔てたイレース王国や、ハヴィランド帝国の南に位置する諸島国家とも戦争をしていた。帝国剣術はその戦の最中、効率よく敵を屠るために編み出された型だった。

もちろん、このような歴史を教えてくれたのはジークリンデである。

『だからかな、バルドメロの剣ってどこか古風で、力強くて、とても頼もしく感じるわ』

最前線で、ジークリンデはそんなことを言っていた。

ぐっと剣の柄を握る手に力がこもる。そして、力任せに横薙ぎにした。

鋭い風圧に草が切り裂かれ、空の彼方に飛んで行く。


「はあ」

肩の力を抜いて息を吐くと、後ろからぱちぱちと拍手が聞こえた。

バルドメロが振り返ると、そこにはアルノルトが立っていた。

「たまには朝の散歩も悪くないねえ。こんなにもいいものを見せてもらった」

「アルノルト伯爵。……おはようございます」

頭を下げて礼をする。彼はニコニコして「おはよう」と返した。

「新聞でも拝見していたが、やっぱり実際に見ると迫力が違うね。重い剣を片手で軽々と振りさばく姿は何とも力強い。まるで猛々しくも美しい獣のようだよ」

「獣……ですか」

それは褒めているのかけなしているのかどちらなのだろうか。バルドメロが疑問に思っていると、怪訝な顔で悟ったのか、アルノルトは慌てて手を横に振り「褒めてるんだよ！」と言った。

「君はあまり自覚がないようだけど、ジークリンデとバルドメロといえば、帝都で大人気の英雄様なんだよ。吟遊詩人が詩にすれば酒場で持て囃され、作家はこぞって戯曲を書いている。救国の聖女と歴戦の英雄という勇名はもちろんのこと、ふたりは顔もいいから、見栄えもいいしね」

「それは……知らなかったです」

戦争が終わって、帝都に帰還したあとは、殆ど騎士団の宿舎から出なかった。いや、出てはいけないと厳命されていた。

自分の扱いに困り果てた人たちは、いったんバルドメロを閉じ込めることしか思いつかなかったのだ。宿舎内にある詰め所で毎日ジークリンデに会えるから、特に不満ではなかったが。

「そういえば、なんとなく疑問に思っていたことがあるのですが、聞いてもいいですか？」

ふと疑問を思い出したバルドメロは、アルノルトに訊ねてみた。

「うん、いいよ」

彼はあくまで気さくだ。あの厳格の塊のようなマリウス皇帝の弟とは思えないし、何より伯爵らしくないというか、貴族特有の傲慢な感じがまったくない。

「最前線で戦うジークリンデ様を、たまたま共和国の要人が見たのがきっかけで、和平交渉が始まったんですよね。だから彼女は救国の聖女と呼ばれるようになった。……それは知っているのですが、具体的にどんな経緯があったのか、知っていますか？」

「まあまあ知ってるよ。和平交渉には私も同席したからねえ」

アルノルトは少し遠い目をして顎を撫でる。

「最前線でジークリンデを見つけたのは、なんと共和国の大統領だったんだ。当時の共和国は、国内情勢が不安定でね……」

まるで昔話をするように、彼は語り出す。

長きにわたる三百年戦争の中、帝国内で飼育室などという人道から外れた養育組織が作られたように、戦争は歪みを作り出すものだ。それは敵国だった共和国も同じ。

かの国は、多数の国と民族がひとつになった国ゆえからか、戦争に対する意見が綺麗にふたつに分かれていた。

戦争推進派と、反対派。大統領はふたつの意見を天秤にかけてバランスを保っていたのだが、それも限界が来ようとしていた。

このままでは内部紛争が起きるかもしれない。

そんな予感を覚えていたころ、大統領は最前線で戦うジークリンデを見つけたのである。

皇女が果敢に旗を振り、勇ましく戦う姿――。

戦を楽しむでもなく、悲観するわけでもなく、皇族の務めとして凛と旗を振り続ける彼女に希望を見いだした大統領は、ジークリンデに密書を送った。

そうして、歴史上でも類を見ない、最前線の中心地での会談が行われた。

後（のち）に『アリアト会談』と呼ばれた話し合いだ。

アリアト大橋の真ん中にテーブルと椅子を置き、帝国側はジークリンデとバルドメロ、そして共和国側は大統領と護衛の側近。それ以外の人間は大橋のたもとで待機し、会談を見守った。

互いにいつ撃たれるかわからない。そんな極限状態ともいえる戦地で、平和を訴える大統領とジークリンデ皇女の姿に、多くの兵が心を打たれた。

それは瞬く間に記事となって新聞を賑わし、帝国と共和国、どちらの国民も終戦を望む声が増えた。

やはり、三百年というのは長すぎたのだろう。国民はとうに疲れ果てていたのだ。この会談を経て、ジークリンデからマリウス皇帝に話が通り、皇帝は大統領と和平交渉を行った。

「それで、交渉は難航したけど何とか糸口を見つけて、晴れて終戦にこぎ着けたってわけだね」

アルノルトが平和を喜ぶようにぱちぱちと拍手する。

「あの話し合いは、俺も見てました。ジークリンデ様の背中、小さく見えて……俺は怖かったのを覚えています」

ぎゅ、とバルドメロは手を握る。

大橋の上では、ジークリンデと相手側のうしろに線が引かれて、護衛役はそれ以上前に出ることを禁じられた。

すぐ傍で守りたいのに、守れなかった。

敵が気まぐれを起こして一発でも銃を撃ったら、ジークリンデの頭に必ず当たってしまう。その時、駆け寄って盾になることもできない。そんな距離だった。

アルノルトは、あのふたりの姿に兵は心を打たれたと言うが、少なくともバルドメロは違う。不安だし、心配だった。敵兵を全員殺して、安心したかった。

でもジークリンデが絶対に手を出さないでと言ったから、思い止まった。それだけの話だった。

「帝国は帝国で、当時の国民感情は非常に荒んでいたんだ。少しでも弱音を吐けば国賊扱いして私刑にする……そんなこともまかり通っていた。皇帝は以前から限界を感じていらして、和平に導くきっかけを模索していたんだ」

「へえ……意外、ですね」

皇帝こそが戦争を主導しているのだと思っていたバルドメロは目を丸くする。

そういえばジークリンデも、父である皇帝は平和を望んでいた、と言っていた。

皇帝は飼育室の存在を知らなかったのだろうか？

内心疑問を感じるバルドメロをよそに、アルノルトは胸に手を当てて痛ましそうに話す。

「だからこそ、皇帝にとってジークリンデは都合の良い駒になった。以前から福祉事業に積極的に関わり、皇女の身でありながら最前線で旗振り役を担っていたジークリンデ。国民は彼女に敬愛の念を抱いていた。そんな彼女が和平のきっかけをもたらしたんだ。祭り上げるにはうってつけの駒だろう。救国の聖女っていうのは、そういうことだよ」

「なるほど。……神輿(みこし)の名前、というわけですね」

バルドメロはようやく納得する。彼女自身、自分には過ぎた名だと言っていた『救国の聖女』という渾名は、国民感情を盛り上げるために皇帝が思いついたものだったのだ。

皇帝はジークリンデを利用して、国民をうまく煽った。さらに皇族が尊い存在であるという主張にも一役買ってもらった。

「でも、良いことばかりじゃない。国民の敬愛はあくまで皇帝に向けられるべきであり、引いては皇帝の正当な後継者に引き継がれないといけないからね」

「ああ……そういうことに繋がるんですね」

はっきり言えば、和平への道のりにジークリンデは役に立ったが、その後は邪魔だったのだ。敬愛を集めすぎたジークリンデは目障りになるのである。

次代の皇帝はクルト皇子と決まっているから、早い内にジークリンデを表舞台から引きずり下ろし、国民の注目をクルト皇子に集めたいのだ。

ジークリンデを嫌うクラウディア皇妃と、飼育室育ちを厄介払いしたい管理者と、自分と後継者のみに忠誠心を集めたい皇帝の思惑は、くしくも同じになった。

それゆえ、特に反対意見もなく『辺境守騎士団』という師団が突如設立された……というわけである。

「まあ、いろいろな立場の人の、いろいろな思惑が交錯して、今君たちはヴァイザー領なんていう僻地に飛ばされてしまったわけだけど、まあ、悪くないでしょ。温泉もあるし」

「そうですね」

バルドメロは頷いた。良いところ、悪いところ、どっちだと問われれば良いところだろう。何よりジークリンデが伸び伸びしてるところが良い。

「きっと長い付き合いになるだろうし、よろしく頼むよ、英雄殿」

「はい」

「それにしても君は身体つきがいいねえ。顔も整っているし、女性にモテるだろう？」

「そういうのはわかりません」

バルドメロは困った顔をする。どうして皆、女性にモテる話をするのだろう。モテると良いことがあるのだろうか？　でも、どう考えてもジークリンデに好意を持ってもらえるほうが嬉しい。

「ジークリンデも相貌が整っているから、縁談に事欠かないよ。ははは っ」

「えっ」

バルドメロはハッとして顔を上げた。

「ま、待ってください。縁談に事欠かないって……今もそういう話が来ている、ということですか？」

慌てて訊ねると、アルノルトは事も無げに「当然だよ」と頷いた。

「うちの屋敷には毎日のように釣書が届いている。何せ救国の聖女だよ。彼女を娶れば名誉になる。さらにその家は皇族と繋がりが持てる。家柄の格も上がる。こんなにお得な縁談はないよねえ。狙わないというのがおかしな話だろう？」

「そんな打算で縁談を？　結婚は、愛し合う者同士が行うものだと、ジークリンデ様は仰っていました」

「平民はまあ、それでもいいだろうけど、貴族……ましてや皇族の子女となれば、愛だけでは難しいものだ。普通は親の思惑が入った政略結婚だよ」

「………………」

バルドメロはしばし黙り込んだ。やがて地面に置いたままの上着や剣を手に取る。

「伯爵、すみませんが……失礼します！」

ジークリンデに習った騎士の礼を取ってから、バルドメロは走り出した。

――その後ろ姿は、歴戦の英雄とは思えぬほどの慌てぶりだ。

ああいうところは普通の青年と変わらないなと、壮年の伯爵は微笑む。

檻の中で育った獣は、お姫様の魔法で人間になれたようだが、未熟な部分も多いようだ。

己の恋心をどうやって成就させればいいのか、よくわかっていないらしい。

だが微笑ましいことだ。そう、彼は思った。

かつて兄と皇位継承権を巡って、飼育室の子どもを利用した謀殺が繰り返された。

あんな組織などなくなったほうがいいと、自分も、そしておそらく兄も思っていたが、時代が許さなかった。利用価値があるうちは、消したくても消せなかったのだ。

しかし今、ようやく利用価値がなくなって、檻の獣は野へ解き放たれた。穢らわしい檻は誰にも知られぬまま、密かに解体された。

あとに残る懸念は、無駄に重い名誉を背負わされてしまった、生真面目な姪の将来。

「君には期待しているよ。立派な人間になってみせてくれ、ツヴァイ君」

人の悪い笑みを浮かべた伯爵は、のんびりした足取りで来た道を戻るのだった。

第四章　月夜の下で、あなたに誓う

　街の教会で朝の祈りを捧げたあと、ジークリンデは目抜き通りに並ぶ物売りを眺めながら帰路についていた。

「ジークリンデ様、おはようございます！」

「おはようございます。今日は青空で、いい天気ですね」

　道ゆく領民と挨拶を交わす。

「ジークリンデ様、朝食はお済みですか？」

「いえ、まだです」

「ではブドウはいかがですか。今朝採ったばかりなので、そのまま口になさってもおいしいですよ」

「まあ。おいしそうですね」

「そうでしょう。試食にどうぞ！」

　物売りがニコニコしながらブドウを一粒渡してきた。ジークリンデはまじまじとブドウを見つめたあと、ぱくっと食べてみる。

（外で、しかも立ったまま食べ物を口にするなんて……初めての経験だわ）

最前線での食事は、内容は悪かったものの、立って食べることはさすがになかった。

しかし、口の中でブドウを噛んだ瞬間、はしたないとか、お行儀が悪いなどといった感情が一気に吹き飛んだ。

「おいしいです！　瑞々しくて、とても甘いです」

「そうでしょう～！」

「いくつか包んでくださる？　えっと、お金は足りるかしら……」

礼拝のために街へ来たから、財布にはさほど入れていない。騎士七人分のブドウ、欲を言えばアルノルトにも分けたいと思いつつ、ジークリンデが懐から財布を出して硬貨を数えていると……。

「ジークリンデ様ーっ！」

鬼神の如く、バルドメロが土煙を上げて走ってきた。

「あら、バルドメロ。おはようございます」

「おはよう、ございます」

息を切らして挨拶する彼に、ジークリンデは購入したばかりのブドウを見せた。

「見て、ブドウよ」

「はい」

「そのまま食べてみて？　とてもおいしかったのよ」

「はい」

ジークリンデが言うまま、バルドメロはブドウを一粒口に入れた。

「おいしい？」

「はい。あの、ジークリンデ様」

バルドメロはブドウを噛まずに呑み込んだあと、慌てた様子で言った。

「アルノルト伯爵に、あなたへの縁談がたくさん来ているという話は本当なのですか⁉」

「えっ……」

ジークリンデはびっくりした。どこからその話を聞いたのだろう。

「おや、ジークリンデ様、結婚するのかい？」

「ヴァイザー領に来て、まだ一ヶ月しか経っていないのに、慌ただしいねえ」

周りにいた領民が騒ぎ出した。ジークリンデは慌てて両手を横に振る。

「立場上、どうしても縁談が来るのですが、まだ時期ではないと考えているので……」

「でもジークリンデ様、確か二十歳でしょう。貴族様はもっと若い娘も結婚していると聞いたことがありますけど？」

「結婚したら帝都に帰っちゃうんですか？」

「このあたりに住む貴族なら大丈夫じゃないか？」

ざわざわ、がやがや。辺りが騒然とする。

「すみません。この話はそのうち、きちんと説明させて頂きますので……っ！」

ジークリンデはバルドメロの手を摑み、急ぎ足で馬の繋ぎ場まで走った。

「もう、バルドメロったら。あんなに人が多いところで、縁談の話をしては駄目よ」

「そう……なのですか？」

バルドメロはしゅんとした。自分よりずっと背が高くて体格も大きいのに、なぜか今は子犬のように見えてしまって、ジークリンデの心がきゅんとする。

ジークリンデは一息つくと、馬の手綱を引きながら説明した。

「いつの世も、人は、他人の結婚話が好きなのよ。話題にしやすいし、盛り上がりやすい。でも妙な噂が広まって、ひとり歩きする可能性もあるわ。だから私のような立場の人間は、謂れのない話をされないためにも隠しておくものなのよ」

「さっきみたいに、騒がれるってことですね」

「そういうこと」

馬を連れて歩きながら、ふと、ジークリンデはバルドメロを見上げる。

「あなた、もしかして宿舎から走ってきたの？」

「はい」

「相変わらず、すごい体力ね……。帰りは馬に乗って行くといいわ」

「ジークリンデ様はどうするんですか？」

「私は歩いて帰るわよ」

「それでは朝礼に間に合いませんよ」

「でも、他に方法はないし」

手綱をバルドメロに渡しながら言うと、彼は少し悩んだ顔を見せた。

「あの、もし嫌でなかったら、俺の前に座りますか？」

「え……」

思わずどきっとする。バルドメロと一緒に馬に乗るということは、かなり密着するということだ。

「た、確かに、この子はふたり乗りでも大丈夫なくらい、しっかりしてるけど」

「じゃあ先に乗ってください。これなら朝礼にも間に合います」

「……わかったわ」

ここで拒否をしたら、バルドメロが悲しむような気がして、ジークリンデは馬にまたがった。すると、すぐさま彼は後ろに乗る。

「では、行きますね」

バルドメロが手綱を引くと、馬は走り出した。まるで後ろから抱きしめられているようで、ジークリンデはドキドキしてしまった。

（まさかふたり乗りになるなんて思わなかったから、恥ずかしいわ。でも、バルドメロって本当に立派な身体つきをしているのね。鞍もないのに、体幹はまっすぐでぶれないし、それに……）

思わず、かあっと顔が熱くなる。

（背中に当たる彼の胸板が厚いというか、逞しい……というか、そんなこと考えてはいけないのに！）

皇女にあるまじき思考だと、ジークリンデはぷるぷると首を横に振る。こんな低俗な思考をしているなんて、彼には絶対に知られたくない。

（でも……）

ふと思い出す。こんなふうにバルドメロと接触するのは、初めてというわけではないのだ。むしろ最前線にいた頃は、毎日のようにバルドメロに抱きしめられていた。

それは敵兵の槍から守られるためだったり、銃弾を避けるためだったり、標的になりやすいジークリンデは何かとバルドメロに抱き寄せられ、死を免れていた。

もちろん怖かった。情けなくも旗を持つ手が震えて、どうしても力が入らなかったこともある。

だけど泣くことだけは懸命に我慢していた。皇女はか弱い女性のように泣いてはいけないし、旗振り役は兵の士気を常に鼓舞し続けなければならないから。

(それでも、バルドメロの厚い胸板と腕の力強さで守られたとき、私はいつも安堵していた。バルドメロが傍にいたら大丈夫だって思えて、旗を持ち続けられた)

思えば、ジークリンデはバルドメロからたくさんの勇気を貰っていたのだ。本来なら、自分がバルドメロに勇気を与えなければならない立場なのに。……前を走る勇気、旗を持つ勇気、怖い目に遭っても立ち上がれる勇気。バルドメロがいつも傍にいたからこそ、ジークリンデは戦場を駆けることができたのだろう。

(今更気付くなんて、私ったら鈍いにも程があるわね)

心の中で、ありがとうと呟く。

「それで、ジークリンデ様、さっきの話ですけど」

「え、えっ、胸板の話?」

「胸板? 縁談の話ですが……」

「あ、ああ、縁談ね。そうだったわ」

ジークリンデはふうと息を吐く。

「確かに、貴族で二十の女は婚期が遅れていると言われても仕方がないわね。でも、私は結婚したとしても、帝都に戻るつもりはないわ。あくまで私の立場は辺境守騎士団の騎士長だもの。皇帝がこの役割を解任なさらない限り、私は使命を果たすつもりよ」

冷静に説明したが、バルドメロは不満そうだった。

「……それは、縁談自体には前向きに考えている、ということなんですか？」

後ろから静かに問われ、ジークリンデは静かに前を見た。

「皇女として結婚しなければならないのなら、結婚するわ。だってそれが務めだもの。私の身は、私の意志で自由にできるものじゃないのよ」

ジークリンデの結婚観は冷めていた。生まれた時からそうであれと育てられた価値観は、そう簡単に変えられるものではない。

今は比較的自由にさせてもらっているが、皇帝が『この者と結婚せよ』と言えば、ジークリンデは従わなければならないのだ。それが皇族として生まれた者の義務である。

「でも……確かに不思議ね」

蹄の音を聴きながら、ジークリンデはぽつりと呟く。

「何が、ですか？」

「さっきも言ったけれど、二十で未婚の女性は、貴族社会ではあまり見ないわ。それなのに、父上はなかなか私に縁談を持ってこなかった。それはどうしてだったのかしら。例えば、教師になるため、とか、医者になるため、とか……そういう理由で、貴族女性の婚期が遅れる例はあるのだけど」

しかし、ジークリンデは際立って頭がいいわけでも、類い稀なる才能を持っているわけでもない。皇位継承権も持たないジークリンデは、十四、五くらいの頃に、適当な貴族に輿入れするという『使い道』もあったはずだ。なのに皇帝は、そうしなかった。

「ヴァイザー領への赴任を拝命した時、父上は私の結婚についてもお話しされていたの。私には利用価値があると仰っていたわ。本当に使い道がなくなったら、結婚させる……とか。つまり今の私は、まだ利用できると思われているのかしらね」

「……皇帝は、娘のことをまるで道具のように扱うのですね」

バルドメロが感情の乗らない声で言った。そしてハッと我に返った様子で「申し訳ありません」と謝ってくる。

ジークリンデはくすくす笑った。

「気にしないで。確かに道具みたいね。……父上は、ハヴィランド帝国という大国を守るために、あらゆる感情をお捨てになっているの。娘どころか、自分さえ道具のように扱うところがあるわ。クラウディア皇妃は、そんな父上をとても心配なさっているの」

目を閉じると、かの皇妃が自分を見る時の、冷たい眼差しを思い出す。

嫌悪、苛立ち、悔しさ。クラウディアから伝わってくる感情はいつも暗くて重い。

しかし、それは仕方のないことだとジークリンデは受け入れている。

皇帝マリウスは感情を徹底的に消去しているのだ。その姿はもはや人ではなく、国を動かすための歯車のようだと陰で密かに言われているほど。

ジークリンデに対しても、前皇妃にも、そしてクラウディアにも、後継者であるクルトにすら、彼の感情が揺れることはない。

それならこちらも、マリウスに対する時は感情を捨て去ることができたら気が楽だっただろう。だが、人はそれほど簡単に、器用にはなれないものだ。

特にクラウディアはマリウスを愛している。結婚は政略的なものだったが、彼女がマリウスを見つめる時の瞳は明らかに尊敬と愛に満ちたものだった。

……だからこそ、悲しみが深い。どれだけ愛しても、相手から返ってくる情はないのだから。

クラウディアが殊更ジークリンデに冷たいのは、そういった複雑な思いからくる八つ当たりでもあるのだろう。

「ジークリンデ様はすごいですね。あの皇妃さえ理解しようと努力しておられる。あなたは誰に対しても優しい。きっと、どんな人間が相手でも、あなたは手を差し伸べるのでしょうね」

「そんなこと、ないわ」

馬に揺られ、バルドメロの温かい胸に身を預けながら、ジークリンデは俯く。

自分はそんなふうに言われるほど、人間が出来ているわけではない。

「だって私、ヴァイザー領赴任の命が下された時、ホッとしたの。やっと、父上と義母上から離れられるって思ってしまったわ。私は、あなたが言うような慈愛に満ちた人間じゃない。ちゃんと好き嫌いがあるのよ」

するとバルドメロは口を閉じてしまった。

しばらく馬が地を蹴る音だけが聞こえて――。

「では、もし、皇帝のお決めになった結婚相手が嫌な人だったらどうするのですか」

静かな問いが聞こえた。

「…………」

今度はジークリンデが口を閉じる。

その可能性を、考えないわけがなかった。しかし、とジークリンデは顔を上げる。

「父上は、絶対に私情を挟まない御方よ。嫌がらせで選ぶはずがない。どんなに嫌な人であっても、その人はハヴィランドの利となる人物に間違いないわ。それなら私は皇族として嫁がないといけない。……でも、そういう人と本当に結婚するとしたら」

脳裏を、あの冷徹な顔をした父の姿が過る。

「それこそ、父上のように……感情を消去して生きるしかないのかもしれないわね」

小さく笑う。

「ジークリンデ様……」

バルドメロが遠慮がちに声をかける。何を言えばいいかわからない、そんな感じがした。

だから、ジークリンデは話題を変えることにする。

「そういえばアルノルト叔父様は、私がここに着任してから一度も縁談の話なんてしなかったのに、どうして突然、バルドメロにそんな話をしたのかしら」

「それは……確かに、どうしてでしょうね」

単なる世間話のつもりだったのか、それとも何か意図することがあって話したのか。

「仕事が終わった後に、伯爵に聞いてみるのはどうでしょう」

「そうね。私も気になるから、一緒に行きましょう」

ぽくぽくと、のんびりした馬の蹄の音を聴きながら、バルドメロは慣れた手つきで馬を走らせた。

騎士団の朝礼が終わったあとは、各自業務に就く。バルドメロはフンダートと共に馬を走らせ、ラスカ山地を見渡せる監視塔へ向かう。そしてジークリンデは宿舎にある騎士長室で数々の書類を確認していた。

「ヴァイザー領は、農作物や家畜を狙う獣が本当に多いわね……」

たくさんの依頼書を元に指示書を書きながら、ジークリンデはため息をつく。帝都では考えられないことだったが、このあたりは野生の獣による迷惑行為が絶えない。

北方面では狼や熊が出没し、南方面では猿の被害が多い。猿といえば、愛玩動物として飼うのが帝国貴族の流行りだったが、野生の猿は気性が荒く、獰猛で、しかも賢い。

辺境守騎士団の本来の役割は共和国の監視だが、そのための拠点としたヴァイザー領の治安を守るのもまた、騎士団の仕事だとジークリンデは思っている。

害獣の対応以外にも、雑草駆除から薬の調達、建造物の修繕まで、殆ど何でも屋も同然なのだが、ジークリンデは仕事を断らない。むしろアルノルトには、領民からの雑多な嘆願書をたくさん回してほしいとお願いしている。

害獣駆除といった、『狩り』に関する仕事ならバルドメロは凄腕であるし、薬学ならフンダートが適任である。彼が温室で育てている薬草は、今やヴァイザー領になくてはならない大切な資源だ。建造物の修繕や雑草駆除などの体力仕事は騎士団にとって良い鍛錬にもなる。

何よりも、領民の信頼を得るためには彼らの困りごとを解決するのが一番なのである。ヴァイザー領に赴任した後、短期間で領民と良好な関係を築くことができたのは、そういった地道な活動によるものが大きいだろう。

ジークリンデは次に、帝都から届いた報告書や手紙を確認した。

「クルトからのお手紙は、数少ないお楽しみね」

くすりと笑う。義弟からの手紙には、帝都の様子や最近学んだ勉強に関する相談などが書かれていた。

「どんな返事を書こうか悩むのも、楽しい時間だわ」

ジークリンデにとってクルトは、仲の良いたったひとりの家族である。ヴァイザー領の様子や勉強の助言を書いて、選りすぐりの写真と共に封筒へ入れた。

「ランバルト騎士長からの報告書は……うん、殆ど異常なしね。良かったわ」

クルトからの手紙でも帝都のことが書かれていたが、実に平穏なものだった。

まあ、戦争が終わってまだ一年しか経ってないのだ。問題が起きていたら、それはそれでとても困る。

しかし一枚だけ、気になる報告書を見つけた。

「ごく少数であるが、現状に不満を抱く貴族の一派がいるとの噂……」

ジークリンデは眉をひそめた。

今の平和を良しとしない人たちがいるということだろうか。

「どうして……？」

考えても分からない。理解できない。どんな形であれ、争いがないのが一番ではないか。

目を閉じれば、すぐにあの惨状が思い出せた。

耳をつんざくような轟音と共に、弾丸が飛んでくる。夜通しで修繕した砦はあっという間に瓦礫と化して、あたりには怪我を負った兵、そして動かなくなった兵が、地面に伏していた。

悲鳴を上げることは許されない。代わりに、旗を手に取った。早く終わってほしいと願いながら、敵陣に向かって走って行った。皆は、自分のことを救国の聖女だとか、果敢な女騎士だとか、持て囃していたけれど。本当は怖かったし、少女のように泣き叫んで、もう嫌だ行きたくないとだだを捏ねたくなる時もあった。

でも、バルドメロのおかげで我慢できたし、自分という存在が、兵に戦う勇気を与えている。……それなら、逃げるわけにはいかないだろう。強いふりをして、旗を掲げた。

誰も彼もが追い詰められて、いつ精神が壊れてもおかしくなかったからこそ、戦争が終わった瞬間の解放感は忘れられない。

あの戦場にいた者は、味方であれ、敵であれ、皆同じことを思ったはずだ。

もう二度と繰り返したくないと。

だからこそ、この報告は信じたくなかった。三百年ぶりの平和に不満を持つ人がいるなんて思いたくなかった。

ジークリンデはひとつため息をついたあと、淡々と書類整理を続けた。

日が落ちて、エルフが夕食の配膳を終えた頃、監視塔からバルドメロとフンダートが帰ってきた。

騎士団の皆で食事を取ったあと、ジークリンデとバルドメロはアルノルト邸に向かった。

夕刻すぎの訪問であっても、アルノルトは気さくにふたりを迎えてくれる。温かい紅茶を飲みながら縁談話について訊ねると、彼は隠すわけでもなく事情を話してくれた。

「実はね、ベイジル宰相閣下がジークリンデの縁談に乗り気なんだ。君がここに赴任してから、もう何通も手紙を送ってきている」

アルノルトは少し呆れたようなため息をついて、仕事机から数枚の手紙を取り出した。

「ジークリンデは慣れない土地で騎士長の務めについたばかりだから、もう少し待ってあげたらどうかと毎回返事を出しているんだけど、全然聞いてくれなくてね」

「アルノルト叔父様……。お気遣い、ありがとうございます」

ジークリンデは頭を下げる。隣で紅茶を飲んでいたバルドメロは、不思議そうに首を傾げた。

「どうして宰相閣下は直接ジークリンデ様に手紙を送らないのですか？」

「貴族の娘の縁談は、基本的には娘の父親が段取りを組むものだからだよ。ジークリンデから聞いているかもしれないが、貴族……それも皇族の結婚となれば、家柄の格や、それに匹敵するような立場が必要になる。娘の結婚相手を見定めるのは父親の役割だからね」

「もしかしたらですが、父上が私の結婚に消極的だから、宰相は叔父様に手紙を出したのかもしれません。きっと叔父様から父上に話を通してもらいたいのでしょう」

ジークリンデの言葉に、アルノルトは「そうだろうね」と頷いた。

するとと、バルドメロが怪訝な顔で訊ねる。

「宰相閣下はどういう縁談をジークリンデ様に持ちかけようとしているのですか？　閣下の息子……ということでしょうか」

ベイジル宰相には息子がいる。年齢は四十を過ぎていて、父親の権威を笠に着て威張り散らし、また、非常に好色家だ。本妻の他に側室が何人もいる。悪い意味で有名な貴族子息だ。もしあの息子の側室にさせようと画策しているのなら、今すぐにでも暗殺に行く……と言わんばかりの殺気を放つバルドメロに、アルノルトは「いやいや」と手を横に振った。

「あの悪辣な息子の側室にした所で、宰相にはほとんど旨味がない。皇族の血を引き入れる価値は確かにあるが、そうしたところで自分の立場が上がるわけではないからね。何よりもそんな結婚は兄上が許さないだろう」

「ええ、ベイジル宰相が私の義父になったとしても、父上は特別扱いなんてしないと思います。誰に対しても公平な御方ですから」

幼少時から皇帝を知り尽くしているジークリンデは、事も無げに頷いた。

「そう。だからベイジル宰相は、共和国の要人とジークリンデを結婚させようとしているんだ。どこから縁を繋いできたのか、共和国政府の重鎮から大統領の息子まで、よりどりみどりだよ」

アルノルトが呆れまじりに笑った。逆にバルドメロの表情は曇る。

「どうして共和国に、ジークリンデ様を？」

「救国の聖女と呼ばれるジークリンデを平和の礎にするべきだと宰相は言っているね。両国民から、これ以上ない『平和の証し』として受け入れられるだろう、と」

宰相の言い分は、理解できる。

ジークリンデは俯いた。帝国の皇族と共和国政府の要人が結婚すれば、確かに両国の絆が強固に結ばれたと認識される。

「でも、叔父様は縁談の話が持ちかけられても、私に直接言うことはありませんでした。おそらく父上にもまだ言っていないのでは？」

疑問を投げかけると、アルノルトは素直に「そうだね」と頷く。

「どうしてですか？」

「個人的な意見だが、ジークリンデを共和国に嫁がせるのは時期が早すぎると思ったんだ。何せ、帝国と共和国の戦争は長すぎた。和平を結んだとはいえ、それぞれの国に対する嫌悪感も敵愾心も、そう簡単に割り切れるものじゃない」

三百年も積もった憎しみや恨み、差別意識は相当に根深い。そんなところにジークリンデが嫁ぐことになれば、どんな環境が待ち受けているか想像は容易い。

「それにね、一応の平和は約束されたけれど、根本的な問題は解決に至っていないんだ。

両国ともに、皆が皆、現状を喜んでいるわけではないんだよ」

アルノルトの言葉に、ジークリンデははっと思い出す。帝国の騎士団からの報告書にも記されていた。

「再び戦争を望んでいる一派が、帝国にも共和国にもいる……ということですか？」

「おや、ジークリンデはすでに聞いていたのか。そういうことだ。和平を結ぶということは互いの国が譲歩して歩み寄ったということ。そうではなく、戦争に勝った上で平和を手に入れたい。そういう人たちが、少なからず存在しているんだよ」

ジークリンデは俯く。

どうして、と思う。形だけでもいいじゃないか。歩み寄れたのなら僥倖じゃないか。なぜ戦いを望むのだろう。敵国の血ならいくら流しても構わないのか。同じくらい自国の血も流れるのに、構わないのか。

――いや、絶対に間違っている。ジークリンデは胸に手を当て、拳を握った。

「私が嫁ぐことで平和の礎となれるなら、喜んで行きます。私を歓迎しない人も多いでしょうが、それ以上に……きっと、共和国の人も平和を望んでいると思いますから」

「ジ、ジークリンデ様」

バルドメロが慌てた様子で声をかけた。

その表情はまるで捨てられる直前の犬みたいに悲壮なものになっている。

バルドメロはジークリンデに対して過保護であるし、とても心配性だ。少しでも危険がある結婚はさせたくないのだろう。

「大丈夫よ、バルドメロ。かりそめではなく、本当の意味での平和が訪れたと両国が納得すれば、辺境守騎士団の監視業務はきっとなくなるわ。バルドメロやみんなは、新しい人生を歩むことだってできる。騎士団に居づらかったら辞めて、新しい仕事に就いてもいいのよ」

辺境守騎士団は皆、それぞれにできることがある。長所を生かした職業に就くことは可能だろう。そう思ったジークリンデの言葉に、バルドメロはますます辛そうな顔をした。

絞り出すような苦しげな声で、今にも泣きそうな顔で訴える。

「そんなのは無理です。俺は……俺の人生は、あなたがいなければ……」

「え？」

ジークリンデが首を傾げる。

その時、アルノルトが「うーん」と悩むように唸った。

「本当のところは、そんな綺麗な理由ではないと思うんだよねえ」

「叔父様……どういう意味ですか？」

「うん。どう説明したらいいかな」

アルノルトは思考を巡らせるように天井を仰いだあと、ティーポットを持ってジークリンデとバルドメロのカップに温かい紅茶を注いだ。

「和平の絆を結ぶため、敵対していた国の要人同士が結婚する。よくある話だし、誰もが納得できる縁談だが、その話を執拗に進めているのがベイジル宰相というのがどうにも気になるんだ。なぜなら彼の家系は代々、戦争によって繁栄した一族だからね」

ジークリンデは眉をひそめる。

「確か、ベイジル宰相はアルデンホフ侯爵家の生まれ……でしたか？」

「そう。アルデンホフ侯爵家は、帝国東部を治める大貴族だ。鉱山所有は帝国一で、軍需工場の殆どが侯爵家の領地に建てられている。三百年戦争の間、彼らは多くの兵器を開発してきたんだよ」

アルノルトはそこで、少し憂鬱そうなため息をつく。

「兵器の種類はそれこそ様々でね。人間を兵器にする計画もあったくらいだ」

「人間を、兵器に……？」

その言葉に、ジークリンデは不穏な空気を感じる。すると、バルドメロがハッとしたように目を見開いた。

「アルデンホフ……。俺、その名前を聞いたことがあります」

「うん。兵や騎士の間ではよく噂されていたからね。人を兵器にする計画『飼育室』。言葉の通り、飼育室のような建物に戦災孤児を集めて人を殺す術を学ばせる、まさに殺人者の養成所だ。弓は射ることしかできないように、彼らは殺すことしかできない。そんな武器みたいな兵をたくさん作ろうとしたんだよ」

　淡々と話すアルノルトに対し、ジークリンデの表情はどんどん強張っていく。肩をふるわせ、拳を握った。

「そんな……そんな、非人道的な計画まで立てられていたのですか。当然、そんな馬鹿げた計画は頓挫したのですよね？」

　願うように訊ねる。するとアルノルトが、ちらりとバルドメロを横目で見た。

「もちろんだ。計画自体は百年前に立ち上げられて、時の侯爵家が皇帝に具申したそうだが一蹴された。今の代でも、ベイジル宰相が何度も兄上に提案していたが、許可しなかったよ」

　ジークリンデはホッと胸をなで下ろす。

「良かった。そんな恐ろしい計画、父上が許すはずがないですよね」

「……ええ、良かったですね。ジークリンデ様」

　バルドメロが優しくジークリンデに声をかける。

　その表情は不思議な慈しみがあって、計画に怒るジークリンデを微笑ましく思っているような、むしろ喜んでいるような感じさえした。

（どうしてそんな顔をするの？）

ジークリンデはバルドメロに疑問を投げかけようとした。しかしアルノルトが先に話を進めてしまう。

「でも、おかしな話だと思わないかい。人道に反した計画を兄上に進言するほどのタカ派である宰相が、和平を象徴する結婚を熱心に進めているんだよ？」

「……言われてみれば、確かにそうですね」

戦争が終結した後に心を入れ替えたくらいのきっかけがなければ、そんな縁談は持ち出さない。

(和平を結んだことで、ベイジル宰相の心に平和への意識が芽生えたのなら、とてもいいことだけど……)

どうにも頭の中がもやもやする。人は、そう簡単に変われるものだろうか。

「ま、そんなわけで私個人の意見としては、現状で宰相の提案に乗るのは少しばかり懸念がある。だから兄上に申し上げることができなかったんだ」

「父上が宰相の提案に乗るかもしれないから、ですか？」

「いや、兄上は誰よりも帝国の安寧のために力を尽くす聡明な方だよ。宰相が何か企んでるにしても、見抜けないような御方ではない。私はただ、兄上に余計な横やりを入れたくないんだよ。兄上が摑んだ平和の行方を見守りたいんだ」

この言葉だけで、アルノルトがいかに兄を尊敬しているか、ジークリンデは深く理解できた。彼が言うように、もし宰相がよからぬことを考えているとしても、皇帝は察知しているだろう。

（きっと父上は、宰相が叔父様に私の縁談の話をしていることも把握しているはず。それでも何も仰らないということは、様子を見ている……または、行動の機会を待っている？）

父の本心は娘の自分にもまったくわからない。だが、アルノルトの言うとおりだ。皇帝が沈黙を保っているなら、自分たちも動かないほうがいいのだろう。

「宰相が次の一手を打つ前にジークリンデが早々と結婚してしまえば、一番角が立たずに済むんだけどねえ」

「えっ？」

思考していたジークリンデは、突拍子もないアルノルトの言葉に目を見開いた。

途端、隣に座っていたバルドメロが慌てて立ち上がる。

「な、何を仰ってるんですかアルノルト様。ジークリンデ様には騎士長としての務めがあります。急に結婚しろと言われても、困ります！」

「そう言われてもねえ。状況は常にめまぐるしく変わるものだ。立場のある者ほど、臨機応変に動かなければならない。ジークリンデも、そして君もね」

アルノルトは意味ありげな笑みを浮かべてバルドメロを見上げた。

バルドメロの表情が苦虫を噛み潰したようなものに変わる。

「状況の……都合のために、誰とも知らない男と結婚しろというのですか、あなたは」

「バルドメロ君が思うよりも、共和国と帝国双方にとって、ジークリンデという存在は大きいということだ。どう動いても影響が強く出てしまう。良い方向に出ればいいが、悪い方向に出てしまうと、最悪の場合、戦の火種になりかねない」

脅すように言われて、ジークリンデの表情が強張る。その瞬間、バルドメロがぶわっと殺気を放った。今にも喉笛に噛みつかんばかりにアルノルトを睨んでいる。

しかし当のアルノルトといえば、飄々とした顔でバルドメロの殺気を受け流していた。

「その表情、まさに主人に忠実な飼い犬そのものだ。噂に違わぬ忠犬ぶりだね」

「……三百年戦争で、ジークリンデ様がどんな偉業を成したか、あなたもご存じでしょう。こんなにも平和に尽力している御方なのに、戦の火種呼ばわりするなんて、許せることではありません」

「バ、バルドメロ。叔父様は悪意があって言っているわけではないわ。私に忠告するために、あえて強い言葉で仰っているのよ」

ジークリンデは慌ててバルドメロの袖を引っ張る。

「だから、ね？　怖い顔をするのはやめて。ほら、私の隣に座って頂戴」

ぽんぽんと隣のソファを叩くと、バルドメロは不満げな顔をしつつも大人しく座った。

その様子を見て、アルノルトがこらえきれないといった感じでくすくす笑う。

「猛獣遣いが手綱を引く様をこの目で見る日が来るとはね。いや、なかなか興味深い」

「もう、意地悪なことを言わないでください」

ジークリンデが唇を尖らせると、アルノルトはさすがにからかいすぎたと思ったのか「ごめんごめん」と謝った。

「まあ、悪い方向に物事を考えすぎるのはよくないが、楽天的すぎるのもよくないよって言いたかったんだよ」

そう言って、アルノルトは少しだけ厳しい顔をした。いつも朗らかで気さくな人だが、ガラリと雰囲気を変えると、彼の相貌は父の顔によく似ていた。

「ジークリンデ、人は善性と悪性を併せ持つ生き物だ。人の善性を信じる気持ちは尊いが、国の要人を自覚しているのなら、常に双方の可能性を考えておかねばならないよ」

それは彼なりの忠告。ジークリンデは神妙に頷いた。

「……はい」

するとアルノルトは一変して元通りの、優しい笑顔に戻った。

「そういうわけだからね、救国の聖女はできるだけ地味に、かつ、誰もが納得するような帝国男子と結婚するのがいいと私は考えているわけだ。兄上も宰相も反対できなくて、民衆も手放しで祝福してくれるような、素敵な男性とね」

「はあ」

頷いて、ジークリンデはなんとなく隣のバルドメロを見上げた。

「素敵な……男性？」

「え、えっ!?　お、俺、ですか？」

バルドメロが目を丸くして、いつになく慌て始めた。先ほどまで恐ろしい殺気を放っていたとは思えないほど、おろおろと挙動不審になっている。明らかに狼狽しているし、よく見れば耳朶が赤くなっている。

(照れているのかしら、そんなに慌てなくてもいいのに)

何だか可愛く見えて、ジークリンデはくすっと笑った。

「確かに、バルドメロは素敵な男性よ。何といっても帝国の英雄だもの。私も英雄と呼ばれるけれど、あなたのほうがよほど人気があると思うわ」

「冗談はやめてください。俺は単に……戦で功績を上げただけに過ぎません」

後ろ頭を掻きながら、バルドメロが目を伏せた。耳朶どころか頬まで赤くなっている。

「帝都では皇帝から勲章を賜ったくらいだし、すっかり褒め慣れていると思っていたけれど、そんなことないのね」

ジークリンデが楽しそうに笑うと、バルドメロは照れを隠すように顔を背けた。

「ち、違いますよ。他の人がどんなふうに俺を褒めようと気にしません。俺は、あなただから……」

「え？」

バルドメロがあまりに小さい声でぼそぼそ話すものだから、聞き取れなかったジークリンデは首を傾げて聞き返した。しかしバルドメロは焦った様子で首を横に振る。

「な、なんでもありません」

「……でも、戦の功績があったからこそ、君は庶民の出でありながら爵位を賜ったんだ。それはね、庶民には夢のような話だ。だからこそバルドメロは民衆に人気があるんだよ」

アルノルトまでがニコニコと褒めちぎる。

バルドメロは、すっかり困った顔をしてしまった。

ジークリンデはひとしきり笑ったあと、諦めたようなため息をついて、小さく微笑む。

「……でも、さすがに無理があるわ。もし、私が勝手に結婚相手を決めて父上に報告したら、冷たく一蹴されるだけでしょう。私の結婚は、私が考えていいものではないのだから」

「それはどうかな？」

意外にもアルノルトは、おどけたように言う。

「納得さえできれば、兄上は頷くんじゃないかな。戦争が終わった後も、兄上はジークリンデになかなか縁談を持ちかけなかった。それは、単に悩まれていたからだと思うんだ」

「父上が……私のことで悩んでいたと仰るのですか？」

どうしても信じられないジークリンデに、アルノルトは「兄上だって人間だよ」と言う。

「皮肉にも戦争のおかげで、君は一介の皇女として扱えないほどの名声を得てしまった。共和国に輿入れするにしても帝国貴族へ降嫁するにしても、絶対に夫のほうが見劣りしてしまうほどにね。それに『救国の聖女が妻』という誉れを得たいだけの貴族なんて小物ばかりだし、それこそ兄上は許さないだろう」

そう言って、アルノルトは意味ありげにバルドメロを見た。

バルドメロは露骨に嫌そうな顔をして、アルノルトを睨みつける。

「……先ほどから妙に挑発的だと思っていましたが、俺を焚きつけているんですか？」

「何のことかな？」

ふたりの会話に、ジークリンデは首を傾げた。アルノルトは何でもないよと言うように、ニッコリする。

「つまり、兄上が納得できるような男がジークリンデと結婚したいと訴えれば、わりとあっさり頷くと思うんだ」

「……そう、でしょうか」

ジークリンデは俯いたまま呟いた。

そんな彼女に、アルノルトは優しい眼差しを送る。

「君は皇女として充分な働きを見せたと私は思っている。きっと兄上もだ。ある意味、君は『救国の聖女』となった時点で、皇女としての役割を果たしたんだよ。……だからね、そう自分を縛らなくてもいい。結婚くらいは、自由に考えてみてもいいんじゃないかな」

「…………」

まだ、素直に「はい」と頷く勇気が出なかったジークリンデは、黙ったまま、小さく頷いた。

そんなジークリンデを、バルドメロは切なそうに見つめた。

そして何かを決心するように、拳を強く握りしめた。

アルノルト邸を後にして、ジークリンデとバルドメロはしばらく黙ったまま、帰り道を歩く。

「ねえ、バルドメロ。少し散歩をしない？」

「構いませんが……夜も更けているので、あまり遠出はお勧めできませんよ」

「ええ。あそこにしましょう」

ジークリンデが指をさしたのは、騎士団寄宿舎の近くにある丘の物見台。

アルノルト邸では思いのほか長話をしてしまった。あたりは夜の静寂に包まれている。

「……静かで、星が綺麗。ここは帝都よりも星がくっきり見えるわ」

歩きながら空を見上げて言うと、バルドメロも夜空を見て、「本当ですね」と頷く。

「この星空は、最前線の星空と似ていますね」

「そうね……」

地獄のような最前線だったが、ひとつだけ感動したことがあった。

それは夜空が綺麗だったこと。

火は目印になるから、用がなければすみやかに消した。

冬の季節は寒くてたまらなくて、皆で身を寄せ合いながら、明日も生きられますようにと願いつつ、短い眠りについた。

その時、いつも目に飛び込んできたのが、綺麗な夜空だったのだ。人間の小競り合いをあざ笑うかのように、星も月も、腹が立つほど美しかった。

「星座の話をしてくれた時がありましたね。天文学では、あの星々に線を引いて絵を想像するのだとか」

「ええ、話したわね。本で読んだだけの知識だけど、天文学は遥か昔から続く学問なんですって。三百年戦争よりもずっと昔よ。何千年という昔。……想像がつかないわね」

小さく笑うと、バルドメロも笑う。

「ジークリンデ様の話を聞いてから、俺もよく星を眺めるようになりました。それまでは星なんて気にしたことがなく、ただの景色に過ぎなかったのに」

バルドメロは形のよい目を伏せ、少し悲しそうに微笑む。

「あなたはいつも、俺に意味を教えてくれました。星が在る意味。国が在る意味。人が在る意味。ひとつひとつ知るたび、俺の世界は輝いていった。でも、だからこそ」

ぎゅ、とバルドメロが拳を握る。

「……ひとつひとつ失うのが怖くなった。昔は、何も怖くなかったのに」

「それはいいことだと思うわ。失うのが怖くなるということは、大切にしたいと思うものがあるということなんだから」

ジークリンデがにっこりと笑って言うと、バルドメロははにかんで笑顔を見せた。

星を見ながら歩いていたら、物見台へはあっという間にたどり着いた。せっかくだからと扉を開けて、梯子を伝って屋上に上る。

監視塔に比べれば遠いが、ここからでもラスカ山地は見えた。今は暗闇に閉ざされて、まるで荒々しく波打つ海のようだった。

「さすがに夜は、ちょっと冷えるわね」

夜風にふるりと震え、笑いながら言うジークリンデに、バルドメロは慌てて自分の外套を脱いだ。

「俺のを着てください」

「大丈夫よ。これくらい耐えられるわ」

「でも」

「私は、ただの皇女じゃないって、あなたも知っているでしょ。きっと世界中のお姫様の中で、私が一番頑丈にできているわ」

何といっても、激戦区の前線で一年間旗を振っていたのだ。夜風なんて、大砲の爆風に比べたら何てことない。

バルドメロは外套を手に持ったまま複雑そうな顔をすると、そっとジークリンデの肩にかけた。

「それでも、俺にとってあなたは、大切な守りたい人なんです」

「バルドメロ……」

月の光に照らされて、琥珀色に輝くバルドメロの瞳。真剣で、本当にジークリンデを心配しているのがわかる。みるみるうちに胸の内が熱くなって、ジークリンデは慌てて下を向いて「ありがとう」と礼を口にした。

（嫌だわ。叔父様があんなことを言ったからかしら。妙に意識してしまう）

ドキドキした気持ちは、以前から持っていた。

力強くて頼もしいバルドメロ。最前線で自分を守ってくれたバルドメロ。

自然と、彼の傍にいることが増えた。まっすぐに見つめる琥珀色の瞳はいつも真剣で、この人は自分を裏切らないと信じられた。

……それは、淡い恋心を抱いたからなのだと今ならわかる。ただ当時は、そんな気持ちよりも皇族としての責任を果たさなければという気持ちのほうが強くて、気付けなかった。

(駄目、私って、本当はこんなにも意志の弱い人間だったの？)

アルノルトに言われたからといって、それならと自由恋愛に走るような人にはなりたくない。皇族としてあるまじき行いだと思う。

(何より、バルドメロの気持ちをまったく聞いていないのに、自分だけ盛り上がっているなんて恥ずかしいわ)

唇を引き締めて渋面を浮かべるジークリンデを、バルドメロが心配そうに見つめる。

「もしかして、まだ寒いのですか？　そろそろ下に降りましょうか」

「い、いいえ、全然、寒くないわ。いろいろ考えごとをしていたの。叔父様からいっぱいお話を聞いたからね」

ジークリンデは焦りながら話題を変えた。

「そうですね。俺も、ベイジル宰相閣下からの縁談はきな臭いと思います。……アルデンホフの人は、基本的に……戦が好き、ですよ」

最後のほうは、妙にお茶を濁したように言う。本当に言いたいことは他にあるが、ここでは黙っている、そんな感じだ。

もしかしたら、バルドメロは昔からアルデンホフ家を知っているのだろうか。

(そういえば、私……バルドメロの過去は、殆ど知らないわ)

最初は番号で呼ばれていたから、あまりいい過去を持っていないのだろうと思って、あまり聞かないようにしていた。ツヴァイは〈2〉、エルフは〈11〉、フンダートは〈100〉。最前線には、数字で呼び合う兵が多かった。

もしかしたら、そういう名付けの風習がある孤児院で育ったのかもしれないと思っていたのだが。

(孤児院……身寄りのない子どもが集まる場所。アルデンホフ家の、人間を兵器にする計画。——飼育室)

頭の中で連想して、慌てて首を横に振った。

(まさか、あり得ないわ。だって父上は反対したんだもの)

ジークリンデは気持ちを切り替えようと、軽く深呼吸をした。そしてわざとらしく明るい声で話し始める。

「でも考えてみたら、結婚って難しいわ。今までは父上が決めるものだって思っていたから、もともと考えていなかったというのもあるけれど。……確かに、誰でもいいってわけじゃないわよね」

「アルノルト様が仰るには、誰もが納得できる立場を持っている者、ということですが」

「ええ。それがそもそも、難しい……と思うの」

と言いつつ、ジークリンデはちらりと横目でバルドメロを見てしまう。

（うう、浅ましい自分が嫌だわ。何を期待しているの、私）

バルドメロは心ここにあらずといった様子で、何か考えごとをし始めた。ジークリンデはいたたまれなくなって、新たな話題を切り出す。

「え、ええと、そういえば昔、ある悲恋を描いた戯曲があったわ。好き合っている恋人がいるのに、家のためにそれぞれ別の人と結婚しなくてはいけなくなった。彼らは恋を成就するために努力するけれど、結局は猛反対されて……最後は世をはかなんで命を絶つの。その物語を読んだ時は、どうして貴族は幸せになってはいけないのだろうと考えたわ」

税金で生活費がまかなわれる自分はともかく、なぜ貴族は家の利益のために好きでもない人と結婚しなくてはいけないのか。それは子どもの義務ではなく、親の勝手な強制だ。子どもが犠牲になるなんて、おかしい。親も同じ道を辿ったから、というのは理由にならない。もし、その結婚が嫌だったのなら、なおさら我が子に強いるものではない。

（そう……考えていたけれど）

ジークリンデは自分の胸に手を置いた。

（国民が納得する結婚なら、私も好きな人を選んでもいいの？　でも、国民全員が納得するような相手なんて、いるのかしら）

難しい顔をして悩んでいると、隣に立っていたバルドメロが何かを話した。聞き逃したジークリンデはハッとして彼を見上げる。

「ごめんなさい。聞こえなかったわ。今、何と言ったの？」

するとバルドメロはジークリンデをまっすぐに見つめた。

その表情はいつになく真剣で、真面目で……、吸い込まれるようなほど綺麗な琥珀色の瞳から目をそらすことができない。

ひゅうと秋の風が頬を撫でた。ジークリンデの白金髪とバルドメロの黒髪が同じ方向にふわりと揺れる。

「――俺が立候補しても構わないのですか、と言ったのです」

どきんとジークリンデの心臓が跳ね上がった。目を、丸くする。

だって、それは。気持ちを抑えようとして、でも堪えきれなくて、恥ずかしくも心の底で期待していた言葉だったから――。

バルドメロは屋上の手すりに手をかけ、ぐっと強く握りしめた。

辛く切なそうな表情で、まるで罪人が神前で懺悔をするように重々しく、低い声で話し始める。

「ずっと、考えていました。アルノルト様が仰る『誰もが納得できる立場を持つ者』。おこがましいと承知の上で言いますが、俺はその条件に当てはまっていると思うのです」

「そ、それは……ええ。間違っていないと思うわ」

ジークリンデが救国の聖女と呼ばれるように、バルドメロは歴戦の英雄とたたえられている。平民の出なので貴族の一部からはやっかまれているが、民の人気は誰よりも高い。

バルドメロは自分の胸に拳を当て、ジークリンデに一歩近付いた。

「下級貴族の位ですが、俺は皇帝より男爵位を賜りました。貴族将校よりも多く勲章を得た自覚もあります。何よりも、俺は……」

バルドメロはふいに言葉を止め、覚悟するように固く目を瞑った。

そして、目を開く。

琥珀色の瞳が月の光に照らされて、まるで宝石のように光った。


「あなたが好きです」

ずっと言うまいと心に決め、隠していようと思っていた気持ちなのかもしれない。

そうでなければ、こんなにも辛そうな顔はしていないはずだ。

しかしもう限界だと言わんばかりに、バルドメロは熱に浮かされたような表情で言葉を続ける。

「最前線で初めて出会った時から、俺はあなたに魅入られた。それが恋なのだと知れたのは、あなたが数々のことを俺に教えてくれたからです」

彼の言うとおり、ジークリンデはバルドメロにたくさんのことを教えていた。平和について、道徳について、人と人が助け合うことの大切さについて。

もしかしたら、人間らしい気持ちを理解したことで、バルドメロは恋という感情を知ったのかもしれない。

壊れ物を扱うように、バルドメロはそっとジークリンデの手に触れた。そして力強く握る。

もうここまできたら止まらない。止めることなどできない。

今までに見たことがないほど真摯な表情で、堰を切ったように思いの丈を口にした。

「俺の心はあなたに出会ってから動き出した。あなたを守るのは常に俺でありたいと願った。俺の命よりも大切だった。その気持ちは、今でも変わらない」

どきどきとジークリンデの心の鼓動が速くなる。

「俺では……駄目ですか」

泣いてしまいそうな、低いかすれ声。

彼の手は震えていた。これがバルドメロにとって精一杯の告白なのだろう。断られるのを怖がりながら、それでも勇気を振り絞ったのだ。

多くを屠り、多くを守った騎士が、たったひとりのジークリンデにこんなにも怯えている。

胸の内がきゅうっと締め付けられた。

「バルドメロ……」

彼の手は夜風に晒されて冷たい。でも、とても力強くて、頼もしい。事実、ジークリンデは幾度もこの手に助けられてきた。

(思えば、私は孤独だった。皇女とはそういうものだと思っていたけれど、今、バルドメロに告白されてやっとわかった。私はずっと、寂しかった)

生まれた時から父に見放され、母は早世し、ジークリンデは親の愛を知らぬまま育った。皇位継承権のない皇女に取り入っても旨味は少ないから、ジークリンデの周りには乳母以外誰もいなかった。

仲良くなってくれる人も、親切な人も、いない。あの広い皇城の中、誰もがジークリンデの前を素通りした。――まるで、そこには誰もいないかのように。

だから自分から動こうと思った。できることをやろうと考えた。

ひとりで鍛錬し、ひとりで学び、そしてクルトの誕生と同時に騎士団へ入団した。

仲間はやっとできたけれど、それでもジークリンデは孤独を感じていた。本当の意味で孤独でなくなったのは、皮肉にも皇妃の命により、最前線へと赴いてからだ。

極限状態の中で命を守り合い、苦楽を共にした戦友たち。そしてバルドメロ。あの戦場で培った絆は何よりも固い。

バルドメロは決して裏切らないし、嘘をつかないだろう。

彼の言葉どおり、ずっと一緒にいてくれる。

それに……と、ジークリンデはアルノルトが最後に言った言葉を思い出した。

――「君は『救国の聖女』となった時点で、皇女としての役割を果たしたんだよ」

(私は本当はもう、帝国にとって使い道のない人間なのかもしれない。だから父上は私の縁談を先延ばしにして、辺境守騎士団の騎士長を任命した。そして今の帝都に必要のない騎士を集めて、まとめて北の領地に赴任させた)

マリウスにとって自分が必要な人間なら、任期未定で目の届かない場所に行かせないだろう。皇妃に呼び出されて、ヴァイザー領赴任の話を聞いた時、マリウスはこう言っていた。『あの息子にくれてやるのは、本当に使い道がなくなった時とすることにした』と。

今思えば、あれは父からの助言だったのではないだろうか。

宰相の思い通りになりたくなければ、それまでに自分で『使い道』を考えろと。

――違うかもしれない。

ジークリンデの勝手な思い込みかもしれない。

だけど、たとえ皇女にあるまじき行いだと誹られても、行動したい。その結果叱責されるならば、甘んじて受け入れたらいい。

「駄目なこと、ないわ」

すうと息を吸い込み、勇気を出して言葉を口にする。

「だって私も、ずっと前から……バルドメロに惹かれていたもの」

諦め半分だったバルドメロの瞳に光が灯る。それは驚きに変わって、琥珀色の瞳が大きく見開いた。

「そんな――嘘だ」

「嘘じゃないわ」

信じられないためか、弱気な顔を見せたバルドメロに、ジークリンデは首を横に振る。

「だって俺は、あなたに好きになってもらえるような要素がひとつもないです」

「あるわよ。バルドメロにはいいところがたくさんあるんだから！」

バルドメロがどんどん後ろ向きになっていく。ムキになったジークリンデは彼の両手をしっかり握った。

「……ほ、本当なのですか？」

恐る恐る問いかけるバルドメロの声はかすれて、震えていた。

「ええ。最前線で、私も……あなたが好きになっていたのよ」

正直な気持ちを口にすると、こんなにもすがすがしい気分になるのか、と思った。

それは恥ずかしかったけれど、嬉しくて、言えてよかったという達成感がある。

「ずっと、そういう気持ちを持つのは駄目だって自分を戒めていた。でも、もういいのかもしれないと思ったの。平和が訪れて、私の役割が終わった。ううん、そう思い込まないと、まだ怖くて……本当にいいのかしらって、迷ってしまうのだけど」

皇女としての自分と、もう楽になりたい自分、両方が心の中に存在している。

だが、そんなジークリンデの迷いを振り払うように――バルドメロが抱きしめてきた。

「え……」

突然の抱擁に驚く。ふわりと懐かしい匂いがした。

これはそう、バルドメロの匂い。戦時中、幾度も感じた匂いだ。前線で身の危険を感じた時、後ろから殺されそうになった時。いつもこの匂いがして――そのたび、ジークリンデは心から安堵した。

バルドメロが助けに来てくれた。もう大丈夫。……ありがとう。

周りでは敵も味方もどんどん倒れて、血を流して、自分だけ守ってもらえた。その罪悪感に心身が潰されそうになりながら、それでも助けられたのが嬉しかった……。

懐かしい気持ちに唇を噛みしめる。

「俺は、あなたに、こうしても……いいのですか？」

抱きしめながら、問うてくる。身体は震えていたが、声色は喜びに変わっていた。

「いいのですかって、抱きしめてから訊ねるものなの？」

くすっ、とジークリンデは小さく笑う。バルドメロは一瞬慌てたように動きを止めたが、しかし腕の力は緩めず、むしろ離すまいと言わんばかりにジークリンデの頭から抱き込んだ。

「…すみません。身体が勝手に動いていました」

自分に正直なバルドメロが、とても愛おしく思える。

「ううん。いいと思うわ。これって、両思いってことだものね。恥ずかしながら、私も何が正しいのかよくわかっていないのだけど」

恋なんて、自分には関係のない感情だと思っていた。だからこそ戯曲は恋の物語が好きで、たくさん集めた。自分には得られないものを、戯曲を通して得た気分に浸りたかったのだ。

「ごめんなさいバルドメロ。私は、恋に関しては全然知らないにも等しいの。ずっと、縁遠いものだと思っていたから」

「それは俺もですよ、ジークリンデ様」

バルドメロは一層強くジークリンデを抱きしめたあと、少しだけ身体を離した。

彼の表情は今にもとろけそうなほどの喜びに満ちていて、琥珀色の瞳が濡れたように光っている。感極まって、涙が浮かんでしまったようだ。

彼の嬉しさが痛いほどに伝わって、ジークリンデもツンと鼻が痛くなる。

「まさか、受け入れてもらえるなんて思っていなかった。今だって夢みたいに思っていて……。こんなにも醒めないでほしいと願った夢は初めてです」

「夢じゃ、ないわよ」

ジークリンデがそっとバルドメロの頬に触れた。彼はその手に自分の手を合わせ、幸せそうに目を閉じる。

「本当は、俺、この気持ちが恋という言葉で言い表せるものなのかどうかも、よくわかっていないんです。もっと強くて、もっと激しくて、この身全てを投げ打つような感情に名があるのなら……まさしくそれですから」

ぐ、と再び抱きしめる。ジークリンデの柔らかさを確かめるみたいに強く、そして身体全体でジークリンデを感じたいのか、首筋に頬を寄せた。

抱擁の力が強くて、息が詰まってしまいそう。それでもジークリンデの心はじわじわと温かくなり、そして今までに感じたことのないほどの幸せを覚えた。

（ああ、私……本当は、ずっと前から、こんなふうに抱きしめてもらいたかったのかもしれない）

怖々と、自分もバルドメロの背中に手を伸ばす。彼の身体は、想像していたよりもずっと逞しい。ぎゅっと抱きしめ、目を閉じる。

「私……幸せになって、いいのかしら」

「当たり前です。あなたはそれだけのことをしてきました」

「バルドメロも幸せになってくれる？」

「はい。あなたが望むなら、俺はあらゆる努力を惜しみません」

壊れ物に触るみたいに、そっと顎に触れてくる。近づく唇。ジークリンデに、逃げる気は起きない。

満天の夜空の下、唇を重ねた。

初めての口づけは優しく、感覚は柔らかで、夜風は冷たいのに、不思議と身体が熱くなっていく。

「バルドメロ、私……こんな気持ちは、初めてだわ」

心音がいつになく速くて、身体はふわふわと軽く感じる。

「口づけを交わしたら、頭の中が幸せでいっぱいになったの。バルドメロの他に何も考えられなくなった。……怖いくらいだった」

それは生まれて初めての経験だった。ジークリンデは物心ついた頃から皇族としての自覚を持っていたから、常に帝国民のことを考えていたのだ。それなのに、幸せに満たされた瞬間、たったひとりのことしか考えられなくなった。

「これが恋なら、恐ろしいものだわ。何だか、自分が自分でなくなるみたい」

「ジークリンデ様、それは考えすぎです。あなたは恋をしようが、何者にも変わらない。なぜなら、初めて会ったあの日から、あなたの目の輝きは少しも陰っていないのですから」

募る愛おしさを伝えるように、こめかみに、鼻の頭に、頬に、バルドメロは優しく口づけの雨を降らす。

その仕草は少しぎこちなくて、慣れていない感じがした。それでも懸命に愛を主張しているのがわかってジークリンデの心が温かくなる。

「ずっと、ずっとお慕いしておりました。こんなふうに触れたいと思うことは数知れず。あなたをもっと感じたい、独占したい、いっそ俺の中に隠してしまいたいと、何度願ったかわかりません」

最後に、唇に再び口づける。先ほどとは違い、息ができないほどに深く重ねた。

「……愛しています」

胸の内をさらけ出すような告白は、泣き声まじりでかすれていた。眉を下げた表情は悲しそうにも見えたが、それはただ一心に、ジークリンデを想うがためだろう。

「あなたはこれからも、たくさんの人の平穏を願い、身を挺して守っていくのでしょう。わかっているんです。あなたは決して、俺だけのものにはなれない。たとえ皇族でなくなったとしても、自分勝手には生きられない。そういう方だとわかっています」

「バルドメロ……」

ジークリンデは目を見開いた。どうしてそんなにも、自分を理解してくれるのだろう。

図星だった。どんなに自由だと言われても、たとえ父に、皇族としての使い道がなくなったと言われたとしても、ジークリンデは帝国の民に背を向けることはできない。困っている民がいたら手を差し伸べるだろうし、危険が迫ったら身を挺して守る。今だって、こうして幸せな気持ちになりながらも、心のどこかで『それでも騎士の務めは全うしたい』と思っている。

「でもそれが、俺の愛したジークリンデ様なんです。俺は守る。誰かを守るあなたを守る。だから離れないで。共和国に行かないでください。俺と結婚して、俺の傍にいてくださ い」

もう絶対に離さないと訴えるようにジークリンデを抱きしめながら、熱い情熱に満ちた想いを口にする。そして、彼女の唇に何度も口づけをしては、頬擦りをするように唇を滑らせた。

(私は、バルドメロにここまで想われるような、素晴らしい人じゃない……)

自分は完璧ではない。むしろ迷ったり悩んだりすることが多い未熟な人間だ。でも、バルドメロはそんなジークリンデも理解しているのだろう。その上で、愛を告白しているのなら……その気持ちに応えたい。

この恋は成就できるだろうか。父は、許してくれるだろうか。

(いいえ。こういう時こそ、行動しなければいけないんだわ)

返事を待つだけではない。真っ向から父と対峙して、納得してもらえるように説得しなければならないのだ。

幸せを摑むとはそういうこと。周りの環境が変わるのを待つだけでは、何も得られない。

「……バルドメロ、私もあなたと結婚したい。あなたがいたから私は、どんな場所でも頑張れたの。だから、これからも私の傍にいて。私を支えてくれる？」

「もちろんです。ああ、ジークリンデ様……っ」

感極まったように、バルドメロはきつくジークリンデを抱きしめた。

時が止まればいいのに、とジークリンデは思う。これから先のこと、自分たちの前に立ちはだかるであろう試練。果たして本当に結婚できるのか――自ら動くべきだと決意しながらも、不安は種火のようにくすぶっている。

だが、その時。ふいにバルドメロの手が動いた。するすると腰を伝って、ジークリンデのささやかな胸の膨らみに触れてくる。

「えっ……バルドメロ？」

「すみません。でも、もう――自分が止められない。もっと――もっと、触れたい。こんなにもずっと、あなただけが欲しかったから！」

バルドメロはジークリンデの腰を片手で抱きしめ、その場に座らせた。物見塔の壁に寄りかかったジークリンデに、彼の大きな身体が覆い被さってくる。

「あ――」

ジークリンデが何かを言う前に、まるでその言葉を止めるように、バルドメロが唇を重ねてくる。

優しくて、啄むような口づけのあと、深く唇を合わせる。

「は……っ、ふ……」

戸惑いと困惑の中、ジークリンデの吐息が乱れた。

駄目、とか、こんなところで、とか、いろいろな言葉を口にしなければと思うのに、何も言葉が出てこない。

バルドメロは、まるで迷子になった子どもみたいな表情をしていた。

どうしたらいいかわからない。この熱情をどうやったら止められるのか、恐らく彼が一番困っている。

それでも触れたくて、止めたくない。早く自分のものにしたい。そんな焦りに似た気持ちが、彼から伝わってきた。

「バルドメロ」

ジークリンデはゆっくりと手を上げ、彼の頬に触れる。

バルドメロの頬は硬くて、手触りで小さな傷跡をいくつもたどれた。

この深い愛情を、持て余す激情を。……拒むことなんて、できやしない。

「そんな顔をしないで、バルドメロ」

まだツヴァイだった彼に自分が名付けた時、余計なことだっただろうかと心配になった。

でも、バルドメロは大切そうにこの名を繰り返して、俺の宝物ができましたと喜んでいた。

その笑顔に、ジークリンデは救われた。

自分という存在がやっと認められたと思ったのだ。

「いいのよ。ちょっと驚いただけだから」

小さく微笑む。考えてみれば、何度もこういう場所で夜を過ごしてきたのだ。

物見台で、敵陣の動きを監視しながら仮眠をするのは辛かったし、寒かった。でもそういう時はいつもバルドメロが傍に来てくれて、身を寄せ合って暖を取った。

あの時と今は違う――けれど、彼が自分を欲しがっているのなら、喜んで差し出したい。

「私も好きよ、バルドメロ。もう一度私に……触れてみて」

少し緊張しながら、ジークリンデは彼の大きな手を取った。そしてそっと自分の胸に押し当てる。

恥ずかしい……。でも、バルドメロは喜んでくれるだろうか？

「ジークリンデ様、そんなふうに、されたら……俺、本当に止まらなくなる」

「止まらなくていいの」

「壊してしまうかもしれない」

「あなたになら、壊されてもいいわ」

その言葉に、バルドメロはくっと唇を引き締める。そして、ジークリンデが寄りかかる壁に手を当てた。

「――後悔しても、もう遅いですよ」

唇を重ねる。すると、ぬるりと彼の舌がジークリンデの口腔に入り込んできた。

「………っ」

息ができない。言葉が話せない。

唇をぴったり合わせたまま、厚い舌が這い回る。歯列を辿り、奥に縮こまっていたジークリンデの舌を掬い取り、まるで奪い取るように舌を絡ませる。

「ん、んう……っ」

口は塞ぐことを許されなくて、唇の端から唾液が伝い、滴り落ちる。

舌の交わりなんて、想像もしたことのない行いである。それなのに、なぜだか嫌だと思わなかった。こんなこと誰ともしたくないと思うのに、バルドメロなら許してしまう。

何より、不思議と気持ちが良かった。

舌を絡ませるたび、うっとりする。頭がほわんと軽くなって、酒に酔ったみたいにくらくらする。くちくちと音がするくらい濃厚に舌を舐め合ったあと、ゆっくりと唇が離れた。

舌と舌の間に唾液の糸が引いて、月明かりに反射して妖艶に光る。

「なんて顔をしているんですか」

ジークリンデの頬に両手で触れたバルドメロは琥珀色の瞳をとろりと潤ませ、かすれ声で呟く。

「私は今、どんな顔を……しているの？」

濃厚な口づけの余韻に浸るジークリンデの問いかけに、彼はくすりと笑った。

「愛らしくて、艶めかしい。他の誰にも見せたくありません」

バルドメロが肩にかけてくれたジュストコールはそのままに、彼はジークリンデのシャツのボタンをぷつぷつと外して、その乳房を露わにした。

「あ……っ」

「少し、寒いですか」

バルドメロは薄く目を細めた。そっと乳房に触れ、柔く揉みしだく。

「ん、そうじゃなくて、バルドメロ。私、恥ずかしいの」

肌を晒すのも、触れられるのも、もちろん初めてだ。しかしバルドメロは嬉しそうな顔をして「そうですね」と頷く。

「恥ずかしがるジークリンデ様が可愛くて、止められそうにありません」

きゅ、と乳首を抓られて、びりびりと痺れるような感覚が身体中に走る。

「ああっ！」

「俺の愛撫に、感じてくれているんですか？」

耳元で甘く囁かれて、ぞくぞくと身が震えた。

「感じ……る……って……？」

「気持ちがいいですか？」

指先でこりこりと乳首を捏ねられて、ジークリンデは思わず首を横に振る。

「わからない……っ、でも、あ……っ、嫌では、ないわ」

「ジークリンデ様は、とても素直な方ですね。そういうところも愛しています」

ちゅ、と耳朶に口づけされた。びくっとジークリンデは身震いする。

「どこに触れても感じるなんて……。そんな敏感なお身体に教えてあげます」

耳朶に舌を挿し込まれる。

「ああっ、それ、身体がざわざわするの！」

「それが気持ちいいってことですよ。ジークリンデ様」

硬く尖らせた舌先で、ちろちろと耳朶を舐める。彼の吐息が耳にかかって、ジークリンデは耳を隠すように肩をすくめた。

「逃げないで。もっと、気持ち良くなってください」

首に口づける。舌でツツと首筋を辿られ、わけもなくジークリンデの息が上がる。

バルドメロは両手で乳房を摑み、優しく揉みしだきながら、首筋に吸い付いた。

じゅ、と音がして、びりりと身体が痺れる。

「んっ、……これが、気持ちいいってこと、なの？　バルドメロ」

「そうですよ。その証拠に……ほら」

くり、と彼は乳首を摘まむ。

「ここが、こんなにも固くなっています」

「あ……」

どきんと胸が高鳴った。バルドメロは薄く琥珀色の目を細めて、両方の乳首を同時に擦る。

「んんっ、あ！　いっぺんにするのは、や……っ」

「本当に可愛らしいジークリンデ様。俺があなたを翻弄する日が来るなんて、夢のようです」

愛撫で硬くなった乳首は、より一層敏感になっている。彼の硬い指先で力強く乳首を擦られると、その刺激はまるで雷のような衝撃だった。

痛くはない。ただ、キンと頭の中が白くなる。

辛くはない。抗えないほど気持ちがよくて、おかしくなりそうで怖いだけ。

「や、バルドメロ。このままだと、私……んんっ」

言葉を塞ぐように、バルドメロがジークリンデの唇に口づけた。はしたなくぴちゃぴちゃと音を立てて舌をからませながら、乳首をくりくりと擦り上げた。

「――――っ！」

ぞくぞくした感覚が身体中を駆け巡り、頭の中が爆ぜたような衝撃が走る。

「あ、はあ、バルドメロ……ん、これは……」

「達したんですね。可愛い……あなたの青い瞳がとろけて、甘い飴玉みたいだ」

優しく瞼に口づける。

達した余韻に、ただ肩を揺らして呼吸を繰り返すだけのジークリンデは、彼にされるがままだ。でも、ふと違和感を覚えた。なんだろう。下肢が濡れている気がする。

「あ……っ」

もしかして粗相をしてしまったのかと、ジークリンデは青ざめる。

「ごめんなさい、バルドメロ。私あの、下が……っ」

「下？」

「嫌だ。どうして……？　そんなつもりなかったのに、恥ずかしい……」

どう言ったら良いのかもわからず、ジークリンデは両手で顔を覆った。怪訝そうにジークリンデを見つめていたバルドメロは、はっと気付いたような表情をする。

そして、有無を言わさず、ジークリンデのスカートをまくり上げた。

「きゃああっ」

「ああ、そういうことだったんですね」

何がそういうことなのか。

ジークリンデは目を白黒させる。バルドメロは、そんなジークリンデを落ち着かせるように、優しく頭を撫でた。

「大丈夫ですよ。気持ち良くなると、女性はこうなるのです」

「そ、そうなの？」

「ジークリンデ様って、こういう教育はされなかったんですか？　貴族女性は性交渉を学ぶものだと聞いたことがあったのですが」

「私は……普通と違うから。乳母はそういうことを教えなかったし……」

思わず俯く。乳母からは、皇族とは民の安寧を願い、民のために生きる存在であるから、常日頃から皇族らしい振る舞いをするようにと教えられていたが、それ以外のことを学ぶ機会はなかった。

乳母の手を離れてからは、自分で教科を決め、教師役を探して頼み込み、学んでいった。夫婦としてのやりとりは、いつかおのずと知ることになるだろうと、問題を先送りにしていたのは自覚している。

「私、あなたにいろいろなことを教えていたけれど、本当は知らないことも多いの。ごめんなさい」

しゅんとして謝る。

するとバルドメロは「どうして謝るんですか」と言って、頬にそっと触れた。

「むしろ嬉しいです。こんな俺にも、あなたに教えられることがあったんですね」

「バルドメロ……」

顔を上げると、彼は優しく唇を重ねた。

「安心してください、ジークリンデ様。難しいことなんてひとつもありません。あなたはただ、気持ち良くなってくれたらいいんです」

「気持ち……良く？」

「ええ、さっきみたいに。……ここも、気持ち良くなってください」

バルドメロの冷たい指が、露わになった下肢に触れた。ひやっとして、ジークリンデはびくりと身体を揺らす。

彼は腰紐を引いてするりと下着を外した。屋根があるとはいえ、外でこんなはしたない格好になるなんてと、ジークリンデは恥ずかしさにぎゅっと目を閉じる。

「もっと脚を開いて」

「えっ……も、もっと？」

「でないと、気持ち良くできませんから」

ジークリンデは困った顔をする。現状でも限界を感じているのに、さらにあられもない体勢を取らねばならないのか。
　でも、バルドメロがそう言うのなら……と、勇気を振り絞って少し脚を開いた。すると
バルドメロはジークリンデの膝を摑み、強引に脚を開いてしまう。
「きゃっ、わっ」
　完全に股を開かれて、頭から火が出そうなほどの羞恥心に囚われた。下着は外されてい
るし、スカートも腰までまくられている。彼の目の前で秘めるべき場所が露わになってい
た。
「いや、バルドメロ……本当に、恥ずかしい」
　小鳥がさえずるような小声で話すジークリンデは、顔は真っ赤で、羞恥ゆえに涙が浮か
ぶ。しかしバルドメロはそんなジークリンデをうっとりと見つめていた。
「可愛い……。俺以外の誰の視界にも、あなたを……入れたくない」
　うわごとのように呟いて、彼はジークリンデの脚の間に入って身を屈める。まるで這い
つくばるような体勢になって、内腿を両手で押さえた。
　そして赤く唾液でしたたる舌を伸ばす。ちろり、と秘所の割れ目を舐められて、ジーク
リンデは「ひゃっ！」と声を上げてしまった。
「バ、バルドメロ、どこを舐めているの……っ！」
「あなたの一番可愛いところですよ」

「可愛くなんてないわ。汚いところよ。あ、だめ、本当に……だめなんだからっ」

必死に止めようとするが、バルドメロの愛撫は止まらない。

思わず腰を引いて逃げようとするジークリンデの太腿を押さえて、いっそう脚を開かせ、ぴちゃぴちゃとはしたない音を立てながら秘所を舐め回した。

「い……や……っ、だめ……なのに……っ」

すがるようにバルドメロの肩を掴みながら、ジークリンデは甘美な官能に打ち震える。舌で襞をめくる。硬く尖らせた舌先でちろちろと秘芽を転がされて、快感が津波のように押し寄せた。

(何、こんなの、知らない)

初めての感覚で戸惑っているのに、身体は素直に反応して、これが快感なのだとジークリンデに教え込む。

「バ、バルドメロ……っ」

わけもなく彼の名を呼び、びくびくと身体を震わせた。

抵抗する力をなくして脱力するジークリンデをちらりと見て、バルドメロは琥珀色の目を細める。ぺろりと舌なめずりする仕草は、まるで獲物を前にした獣のよう。

「清らかなジークリンデ様を美しいと思った。あなたの高潔さを守りたかった。……でも、今だけは」

仄暗い微笑みをたたえたまま、彼は自分の人差し指をジークリンデの口に差し込む。

「穢したい。乱れるあなたが見たい。跡形残らず食い尽くしたい」

太くてごつごつした人差し指が、ジークリンデの口腔を蹂躙する。舌を掬い取られて、くるくると指を回した。

つぷ、と指を抜かれた。ジークリンデははあはあと呼吸を繰り返す。

「ねえ、ジークリンデ様……許してくれますか。俺があなたを穢してもいいですか。自ら望んで、堕ちてくれますか」

「あなたが何を言ってるのか、私にはわからない……。ただひとつだけ言えるとしたら、私はバルドメロを信じているわ」

快感に顔を火照らせ、息を切らせながら、ジークリンデはバルドメロをまっすぐ見つめる。

「私がどんなに乱れたとしても、あなたは私を嫌わない。そうでしょう?」

「ジークリンデ様……」

バルドメロは少し驚いたように目を丸くした。

「だから、構わないわ。恥ずかしいけれど……私を乱れさせて。穢して頂戴」

「………っ」

彼は、鋭く息を吐く。そして何かに耐えるように唇を引き締めた。

「本当にあなたという人は。こんな状況でもまっすぐな人ですね」

ふ、と小さく笑う。唾液で濡れた唇に、口づける。

「だからこそ俺は、壊したいほどあなたが愛しいんです」

ジークリンデの唾液で濡れた人差し指が、秘所の割れ目を探る。蜜口を指先でくるりとなぞって、つぷりと挿し込んだ。

「あっ……ん……っ」

異物が体内に入り込む感覚に、ジークリンデの身体はびくっと震える。

「初めてですから、まずは慣らしますね」

「慣ら……す？」

戸惑うジークリンデに、バルドメロが頷く。

「俺のが挿入(はい)っても痛くないように、こうやって……慣らすんですよ」

膣内に埋めた人差し指を、くるりと回す。

「んんっ、あっ」

「少しずつ、気持ち良くなっていってくださいね」

安心させるように、何度も唇を重ねながら、バルドメロが優しく囁く。指の感覚は妙に鈍くて、よくわからなかった。でも、段々と快感が身体中に染み渡ってくる。

膣内のざらついた襞を撫でるように指で擦られると、腰が浮きそうになった。

「ん、バルドメロ……私、何だか……身体が変で」

「ええ、感じてきましたね。ここも一緒に愛してあげますね」

ちゅっと音を立てて、彼は乳首に吸い付いた。

「あっ！」

甘やかで痺れる快感に、ジークリンデは高い声を上げる。

舌先で乳首を舐めながら、彼は瞳を細める。

「ここ、好きなんですね。フフ……」

「んっ、どうして……ああ、どっちも、なんて」

膣内に挿し込んだ指がゆっくりと抽挿しながら、舌で乳首を舐めとり、ふいをつくように強く吸い付く。

胸元ではちゅくちゅくと乳首を吸う音、下肢ではくちゅくちゅとはしたない水音が聞こえて、ジークリンデの身体が熱く火照っていく。

「蜜が滴ってきましたね。もっと慣らしましょうか」

「も、もっと……するの？」

「ええ。あなたがたくさん気持ち良くなって、ここが水浸しになるほど潤わないと、あなたも俺も痛いだけですから」

（痛く、なるの？）

ジークリンデは困ったように眉を下げた。痛いのは嫌だ。自分じゃなくて、バルドメロが痛がるのが嫌だ。

（それなら、私も頑張らないと……）

こくんと生唾を呑み込み、ジークリンデは勇気を総動員する。

「じゃあ、して……。私を、もっと気持ち良くして」

口にすると、羞恥が極まる。恥ずかしさに耐えきれなくて俯くジークリンデに、バルドメロはくすりと笑った。

「本当に真面目な方だ。そして心優しくて素直です。……ジークリンデ様、俺がもっと気持ち良くなる方法を教えてあげますよ。簡単なことです」

「え、何？」

「快感を我慢しないで、気持ちいいと口に出してみて」

内緒話をするように、耳元で囁く。そして妖艶に微笑むと、彼は、先ほどまでねぶっていたほうとは反対の乳房に舌を這わせた。

「あぁっ」

「こっちの胸が寂しそうだったので、今度はこっちを舐めてあげますね。大丈夫ですよ、俺の唾液で濡れた乳首は、こうやって……」

ぬめった乳首を、指で摘まれる。

「んあぁあっ！」

「ほら、ジークリンデ様、我慢しないで」

バルドメロに急かされ、ジークリンデは我慢するのをやめて身体の力を抜いた。

「気持ちいい……っ」

口に出すと、不思議と一層快感が強くなる。

ちゅっと音を立てて乳首を吸われる。ぬるぬると擦る。

「あっ、バルドメロ、気持ちいいの」

自分でも信じられないくらい、甘ったるい声が出てしまう。

「可愛いですよ、ジークリンデ様。ここも、指を増やしましょうね」

次は人差し指と中指が膣内に挿し込まれた。

途端に下腹が疼く。中で二本の指が交互に動くと、無意識に腰が揺れる。

「本当に、たまらないほど可愛い……。ジークリンデ様、わかりますか？　俺の指が欲しいって、あなたの中が吸い付いてきますよ」

ちゅくちゅくと音を立てて、二本の指を抽挿する。最奥に指が進むたび、きゅっと下腹に力が入った。

「俺が欲しい……ですか？　多くの人に敬愛されている清廉なジークリンデ様が、俺なんかを……俺だけを、欲しがってくれるんですか？」

「はっ……あ、バルドメロ……っ」

口づけをねだるように、ジークリンデは唇を動かした。彼はすぐに顔を上げ、ジークリンデの唇に深く口づける。

「欲しい……。気持ちいいの。ねえ、いじわるなこと……言わないで」

潤んだ瞳で懇願する。バルドメロは静かに息を吐き、唇を首筋に這わせた。

「すみません。でも嬉しいんです。ジークリンデ様、もっと俺を欲しがって。ほら……三本、挿入りますよ」

「あ、んん――っ！」

ごつごつしたバルドメロの指が三本。さすがに無理だと思ったが、これまでの執拗な愛撫のおかげで、ジークリンデの蜜口はすっかり濡れそぼっている。まるで呑み込むように、ぬるりと挿入った。

「動かしますね」

指がばらばらと動く。膣内で、三本の指が蠢く。

「やっ、ああっ、バルドメロ、そんなふうに動かされると……っ」

「気持ちいいでしょう？」

はあ、と乳首に息を吹きかけ、じゅるっと吸い付く。

「ん、気持ちいい……でも、おかしく、なりそう」

「おかしくなっていいですよ」

じゅぷじゅぷと指が抽挿しを始めた。彼が指を動かすたび、蜜がとろとろと零れ出る。

「乳首を弄られるのも好きですよね。舐められるのと擦られるの、どっちが気持ちいいですか？」

「そんな、の、わかんな……っ、あ、どっちも……気持ち良くてっ」

「じゃあ、全部一緒に、愛しますね」

膣内を蹂躙しながら乳房に食らいつき、温かい口腔でねっとりと乳首をねぶられる。同時にもう片方の乳房では乳首を擦られ、きゅっと甘く引っ張られた。

「あっ、そんな、全部なんてだめ。また、きちゃう……っ」

抗えない快感が止めどなく押し寄せる。爆ぜるような感覚が再びやってくる。

「いいんですよ、ジークリンデ様。俺だけに、恥ずかしいあなたを……見せてください」

彼の言葉と共に、それはやってきた。快感が高みに達する感覚。頭の中が白く染まって、バルドメロのことしか考えられなくなる。

「あぁあああっ！」

びくびくと身体を震わせ、ジークリンデは達した。その瞬間、膣内から勢いよく蜜が零れ出る。

「はあ、バルドメロ……ちょっと、怖かった……」

自分が自分でなくなる感覚に怯えて、ジークリンデは手を伸ばす。バルドメロは優しく手を繋いで、微笑んだ。

「俺が傍にいますから、大丈夫ですよ」

ゆっくりと身を起こして、彼は自分とジークリンデを見比べる。そして少し困ったような顔をした。

「この体勢ですると……あなたが辛いかもしれませんね。では、こうしましょう」

そう言うなり、バルドメロはジークリンデの身体を軽々と持ち上げる。そして、次はバルドメロが壁に寄りかかって座り、自分の脚の上にジークリンデを乗せた。

「ちょっと、腰を上げてくれますか？」

「えっと……こう？」

ジークリンデはバルドメロの脚の上で身を起こす。

「そうです」

にっこりと微笑まれると、こっちも笑顔になってしまう。バルドメロはジークリンデを見つめながら、片手で自分の下履きをずらした。

すると、彼のものがまろびでる。準備は万端と言うかのように天を向くそれは、想像を絶するほどに太く、そして浮き出た血管が脈々と蠢いていた。

「――――」

思わず凝視してしまったジークリンデに、バルドメロは困った笑みを見せる。

「そんなふうに見られると、少し居たたまれないですね」

「ま、待ってバルドメロ。そ、それがその、あれで、夫婦の営みに欠かせないという……」

営みの具体的な内容は知らなかったが、子どもを作る方法は知っている。

「ええ、陰茎です」

「はっきり言わないで！　でもその、あれ、それが、私の……中に、入るの……？」

おそるおそる訊ねると、彼は事も無げに頷いた。

「そのために慣らしたんですよ」

「無理よ！　だって、指三本より太いもの……！」

「心配ありません。念入りに濡らしましたから」

「そ、そういう問題じゃないと思うのだけど、や、バルドメロ、少し、心の準備が」

「だめですよ。しっかり潤っている間に入れないと」

バルドメロは強引にジークリンデの身体を持ち上げた。ふるふると首を横に振って無理だと訴えていると、彼はうっとりと見蕩れるような目で見つめてくる。

「俺を信じているんでしょう？」

そう問われると、弱い。ジークリンデは力なく頷いた。

「大丈夫。ちゃんと呑み込めますよ」

蜜口に、彼の先端があてがわれる。そしてジークリンデの身体の重みに任せるように、下から杭が挿入ってきた。

「ん……っ、は、あ……っ」

すがるものが欲しくて、バルドメロの首に抱きつく。彼はなだめるように背中をさすってくれた。

(大丈夫じゃないわ！　やっぱりすごく大きい。お腹が、壊れてしまいそう)

指なんかと比べようがないほど、彼の杭は逞しかった。

息が詰まるほどの圧迫感に、身体が震えてしまう。

「……っ、ぁ」

その時、小声ではあったが、バルドメロが呻いた。思わず顔を見ると、彼はいつになく辛そうに、端正な相貌をゆがめていた。

「バルドメロ、もしかして痛いの？」

心配して訊ねると、彼は「え？」と驚いた顔でジークリンデを見つめ、そして屈託のない笑顔を見せる。

「いいえ……痛くないですよ」

「じゃあどうして、そんなにも苦しそうな顔をしているの？」

「それは、ですね。……はあ」

バルドメロはため息をついた。そして、焦がれたようにジークリンデを抱きしめ、ぐっと腰を突き上げた。

「あぁぁっ！」

下から勢いよく、彼の杭が突き上げられる。最奥に杭の先端がずんと当たって、下腹のあたりが疼いた。

「ほら、全部呑み込みました。……気持ちが良すぎると、こんな顔になってしまうんです。ジークリンデ様の中、想像していたよりもずっと良くて、何もしてないのにイキそうで、俺は必死に我慢しているんですよ」

「そ、そうなの……？」

「はい。今だってジークリンデ様の中が、俺のをきつく締め付けて、先端に吸い付いて……フフ」

バルドメロは幸せそうに笑う。

「まるで俺のこれが大好きで、放したくないって言ってるみたいです」

膣内に埋まった杭の存在を主張するように、彼は自分の腰を動かす。すると彼の杭がなまめかしく動いて、その甘やかな感覚にジークリンデはふるふると震えた。

「やああっ」

「可愛い。俺のジークリンデ様」

ちゅ、と軽く唇を重ねてきた。

「式はまだですが、これで俺たちは結婚できましたよ。あなたは俺のものです」

「そ、そうね。……こんなこと、夫婦でないとできないもの」

「そうですよ。絶対に、他の男と、こんなことをしてはいけませんからね？」

月が雲に隠れて、あたりは真っ暗になった。月明かりで見えていたバルドメロの顔が、影になって黒くなる。

「……しないわ。当然でしょう」

光を隠した雲が過ぎ去り、再び月が顔を出す。

「良かった」

月に照らされるバルドメロは、幸せそうに微笑んでいた。

「でもそれは、あなただって同じことよ」

ジークリンデが指摘すると、彼はきょとんとして、首を傾げた。

「だから、あなただってその……う、浮気とか愛人を作るとかは駄目よって、言っているの！」

地方に住む貴族はそうでもないようだが、帝国貴族は愛人を作りたがる者が多かった。好色家として知られる宰相の息子のような者は規格外としても、ひとりかふたりの愛人を作る貴族は、わりといる。

するとバルドメロは目を丸くして——珍しく「あははっ」と明るく笑った。

「ど、どうして笑うの。私は真剣に言っているのよ」

「いえ、すみません。でもおかしくて。俺が浮気するとか、愛人を作るとか……ははっ、あまりにありえないことを言われたものだから、驚いてしまって」

ひとしきり笑ったバルドメロは、うっとりととろけた瞳でジークリンデを見つめる。

「俺が愛する人はジークリンデ様だけです。あなたは俺のすべてだ。あなたが俺に『バルドメロ』をくれたおかげで俺は人間になれました。だから、あなたがいなければ俺は死ぬだけです。ジークリンデ様、俺は一生、あなただけのものなんです」

「バルドメロ……？」

彼の言っていることが、わかるようで、わからない。人間になれたとはどういう意味なのだろう。しかし疑問を口にする前に、バルドメロはジークリンデを抱きしめた。

「夫婦の営みの続きをしましょう。妻になったあなたには、ちゃんと俺の子種を植え付けないとね」

「えっ、それはどういう……あっ」

彼はジークリンデを軽く持ち上げると、下から勢いよく穿つ。

「んぁあっ！」

「ジークリンデ様、ほら、こんなふうに腰を動かすんです。ご自分でもできますか？」

「で、できるわ。多分……」

バルドメロに教えてもらいつつ、ジークリンデは彼の肩に手をかけ、腰を上下させた。

「……っ、んっ、あっ、ああっ」

自分で動くたび、彼のものが最奥を叩く。

快感に喘ぎながら、ジークリンデは懸命に身体を揺らした。バルドメロは性交にふける
ジークリンデをうっとりと見つめ、恍惚のため息をつく。

「月の光に照らされながら乱れるあなたは、本当に綺麗ですよ」

「んんっ、はあ、そんなこと、ない！」

「本当ですよ。俺のもので、もっと乱れてください。……少し、手伝ってあげますね」

ジークリンデが上下に動くことで、乳房も縦に揺れている。彼はその乳首を、きゅっと
摘まんだ。

「ふぁああっ」

「本当にここが弱いんですね。可愛い……はあ」

大きく口を開けて、ねっとりと乳首を舐め取る。

「俺も突き上げますね。一番感じるところに、ご自分で当ててください」

「そ、そんなの、わからな……っ、や、ちくび……舐めながら言わないで」

抗えない快感がせり上がる。自分で動くより、バルドメロが突き上げるほうがいっそう

力強い。

「あっ、あ……あぁぁっ」

「そこが好きなんですか？　じゃあ、腰を固定して……」

ぐっと抱きしめられる。そして膣内の一番感じる場所を、執拗に突いてきた。

「やっ、やぁあっ、またおかしくなる……！」

「ええ。何度でも見せてください」

急かすように性感を刺激され、あっという間に果ててしまう。数をこなすたび、達するのが早くなっている気がした。

三度目の絶頂を迎えると、さすがにもう、力が出ない。腰を上下させる余力もなく、ジークリンデはくたりとバルドメロの厚い胸板にしなだれかかった。

「もう、無理……です」

「ジークリンデ様は体力はあるほうだと思うのに、快感には本当に弱いんですね」

くすくすと笑って、バルドメロは片手で自分の外套を床に敷いた。そしてゆっくりとジークリンデを寝かせる。

「じゃあ、俺に任せてください」

「うん……」

「ちょっと乱暴にするかもしれませんが」

「平気よ。……だって、好きなんだもの」

力なく言うと、バルドメロが「はあ」と息を吐いた。

「あなたは俺を狂わせる天才ですね」

そう呟いて、彼は大きく腰を引いた。膣内からずるっと杭が抜かれる感覚に、ジークリンデの身体は再び官能の波に呑まれる。

「………っ！」

次は、ぐんと勢いよく最奥を穿たれた。

「あぁあっ！」

それは、衝撃のように強い快感。ジークリンデの身体が跳ねて、乳房が揺れた。彼はそれを摑み、揉みしだきながら、何度も何度も腰を引いては力強く突き上げる。

「あ、あ、んんっ」

唇が塞がれた。舌は口腔に入り込み、乱暴に絡ませ合う。

彼の太い先端が最奥をずんと突いて、ぐりぐりと擦り出す。

「んんっ、んーっ！」

ジークリンデの手がばたばたと暴れだした。バルドメロはすぐさまその手を摑み、地面に縫い付ける。

激しい抽挿に互いの肌がぶつかって、乾いた音が鳴る。自分がしていたよりもずっと速くて、強い杭の抽挿。もう達したくないのに、否が応でもいってしまう。

「バ、バルドメロっ」

執拗な口づけのあと、ジークリンデは彼の大きな背中に腕を回した。

「好きよ、バルドメロ」

「はあ、ジークリンデ……！」

バルドメロが鋭く息を吐き、固く目を瞑った。折れそうなほどに強く、ジークリンデを抱きしめる。

「愛している。どうしたらいいかわからないくらい、愛しているんだ。だから――っ」

彼の限界が来た。杭の先端から勢いよく飛沫が迸る。

「絶対に俺から……離れるな」

まっさらなジークリンデの子宮を、バルドメロの白い情欲が犯していく。

仄暗い笑みを浮かべて、満足そうに目を細めた。

「ええ。ずっと一緒よ」

ジークリンデは微笑み、彼の頬を撫でた。それだけで、バルドメロの表情はすぐに屈託のない笑顔に変わって「はい」と頷く。

「俺のジークリンデ様。あなたは俺が、一生守ります」

頼もしくて優しい彼の誓いに、ジークリンデはくすぐったそうに笑った。

第五章　蜜月に、可愛い珍客

次の日、ジークリンデとバルドメロは、さっそく騎士団員とアルノルトに、結婚の意志を報告した。

フンダートたち騎士団員は驚いたり、納得顔だったりと様々な反応を見せたが、反対する者はひとりもいなかった。

そしてアルノルトといえば――。

「いやー！　さすが歴戦の英雄だ。私が見込んだ通りの頼もしい男だよ。けしかけた自覚はあるが、こんなにも早くジークリンデに求婚してくれたなんてね」

実に満足そうな笑顔で、バルドメロの肩を叩いたのだった。

「では、さっそく兄上に連絡しよう。ジークリンデと私の連名で手紙を送れば、きっと兄上は意図を汲んで下さるよ」

「そんなにうまくことが運ぶでしょうか……」

若干の不安を残すジークリンデに、アルノルトは「大丈夫」と胸を叩く。

「私がうまく書いてあげるから、ジークリンデは最後に名前を書くだけでいいよ」

やけに自信たっぷりだ。しかし、自分が父に手紙を出すよりはアルノルトに任せたほうがいいのかもしれない。

ジークリンデはアルノルトに手紙の内容を任せ、最後に署名だけした。

「安心してください。もし皇帝が反対したとしても、その時は俺があらゆる力を尽くしてお願いに行きます！」

手紙を出してから数日。父の反応が不安で浮かない顔をしてばかりのジークリンデに、バルドメロが励ましてくれた。

「あらゆる力を尽くしてお願いって……まさか『あれ』をするつもり？」

洗濯かごを持って歩くエルフが、呆れ顔で言う。

「……だめなのか？」

「だめに決まってるじゃない」

「待って『あれ』って何なの？」

不穏な表情になるジークリンデ。バルドメロが「なんでもないですよ！」と露骨にごまかそうとする。

「いけませんよ、バルドメロ。まずは正攻法から仕掛けないといけません。いきなり極端な『あれ』に走るのではなく、じわじわと外堀を埋め、ひたひたと這い寄るように説得しないと、何事も効果が出ませんよ」

「なるほど。説得上手なフンダートが言うのなら、正しいんだろう」

「だから『あれ』って何なのですか！」

そんなやりとりがありつつ、二週間が過ぎた頃。ようやくアルノルトから「返事が来たよ！」という知らせが届いた。

もし、考慮もされず駄目だという一言であったら……。

そうでありませんようにと祈るような気持ちになるジークリンデ。いざとなったら『あれ』をしようと殺気立つバルドメロ。ニヤニヤ見守る団員たち。

アルノルトはにっこりした笑顔で、手紙を掲げた。

「私が言ったとおりだ。この通り、結婚の許可が出たよ！」

「……本当ですか？」

にわかには信じられなくて、ジークリンデは手紙を読んだ。

――『皇女ジークリンデとバルドメロ男爵の結婚を許す。早々にヴァイザー領にて婚儀を行うように。見届け役は弟に任せる。国民への結婚の知らせはこちらで行う』

連名で手紙を出したのに、ジークリンデには一言の言葉もない。用件と指示を書いただけの、簡潔極まりない内容だった。

それでもジークリンデは嬉しかった。手紙をアルノルトに返して「良かった」と呟く。

「それにしても、やけに物わかりがいいというか、あっさりしてますね～」

手紙を覗き見たエルフが、意味ありげに言った。

「皇帝も、いろいろな都合や、思うところがあるのでしょう」

ふふ、とフンダートは何もかも見透かしたような目をして笑う。

「ああ、私もそう思う。ちょうどいい時期に、場所、そして相手。この三要素が綺麗に揃わないと、ジークリンデの結婚は非常に難しいものになっていただろうからね」

「そんなに大げさなものではないでしょう。私には皇位継承権がありませんし、父上が私の結婚をそこまで気にかけるとは思えません」

ジークリンデがアルノルトに言うと、彼は軽く笑った。

「そんなことはない。兄上は充分、ジークリンデのことを考えているよ」

「……どうしてそう言えるのですか。私は生まれた時から、父上に見放されていたんですよ」

女だったから。跡継ぎじゃないから。父は自分と母に背を向けた。

別にそのことを恨んではいないが、気にかけてもらった思い出なんてひとつもない。

「そうだね。でも、兄上は評価を変えたんだ。理由は他でもない、ジークリンデ自身が努力したから、だよ」

手紙を懐に仕舞いつつ、アルノルトは穏やかな口調で言う。

「君は自分の意志ひとつで立派な皇族たろうとした。自ら教師を探し、あらゆることを学んだ。剣の鍛錬も欠かさず、自力で騎士団に入った。ただ綺麗なドレスを着て、何事もない日々を消費するだけの人生だって選べたはずなのにね」

「…………」

ジークリンデは目を見開く。

「だから胸を張るといい。何事にも心動かされない兄上が心変わりした唯一の存在。それが君なんだよ」

「叔父様……」

本当のところは、わからない。ただの気まぐれかもしれない。

でもそれでいいとも思った。無駄なあがきだとしても、多くを学び、女だてらに鍛錬して、戦争にもかかり出されて、その結果——好きになった人と結婚できるのなら。

自分がこれまでしてきたことに自信が持てる。頑張ってよかったと自分を褒めてあげられる。

「はい。胸を張って、私は結婚します」

愛しい人の手を握った。するとバルドメロはすぐさま両手で握りしめてくれる。

孤独から始まった人生だったけど、これからはひとりじゃない。

ジークリンデが見上げると、バルドメロと視線がぶつかった。そして微笑み合う。

——一週間後、ヴァイザー領の教会で盛大に結婚式が執り行われた。

それは皇族の結婚式としてはあまりにささやかで、派手さに欠けていたけれど、領民に祝福された、平穏であたたかい雰囲気に包まれていた。

宴は三日三晩続いて、皆で踊り、結婚を言祝ぐ。

その間に、帝都では皇帝が直々に救国の聖女と歴戦の英雄が結婚したことを発表し——。

ふたりが結婚したことは、瞬く間に帝国全土へと広がっていたのだった。


婚儀を経て、一ヶ月が過ぎた。

結婚しても、ジークリンデの生活は基本的に変わらない。騎士の務めは辞めていないからだ。

大きく変わったところといえば、皇族ではなくなったことだろうか。

アルノルトが皇帝の名代としてふたりの結婚を見届け、ジークリンデは公式にバルドメロ男爵の妻と認められた。

『形だけの爵位が役に立つ日が来るなんて、思ってもみませんでしたね』

正装の騎士服が似合うバルドメロは、そんなふうに言って笑っていた。

領地もなく、屋敷もない。ただ戦争の功績として与えられた名誉の爵位。花嫁姿のジークリンデは「確かにそうね」と言って微笑んだのだった。

もうひとつ変わったのは、ふたりの住まいだ。

辺境守騎士団の寄宿舎となっている別邸には、やや手狭であるが離れ屋があった。そこを人が住めるように改修して、バルドメロ夫妻の新居とした。

——朝は、小鳥のさえずりと共に目を覚ます。

ジークリンデがゆっくりと目を開くと、真っ白な敷布が目に飛び込んだ。

朝日に照らされて、少し眩しい。

うとうとと微睡みながらも、そろそろ起きなければと思った時、後ろからぎゅっと逞しい腕に抱きしめられた。

「あ……、バルドメロ。あなたも起きたの？」

同じ寝台で寝ていたバルドメロに声をかける。しかし彼は何も言葉を口にしない。

ただ、すうすうと規則正しい寝息が聞こえてくるだけだ。

（もしかして、寝ぼけているの？）

彼にもそういう抜けたところがあるのかと、ジークリンデはくすっと笑った。

少しいたずら心が起きて、くるりと向かい合わせになる。

目の前には、愛する夫の顔。

ジークリンデにとって結婚は、皇族の義務だった。ゆえに少女のように夢を見ることもなかったし、恋愛は一生縁がないものだと諦めていた。

それなのに、今、ジークリンデは恋を自覚して、好きになった男と結ばれて、幸せな気持ちに浸れている。

まだ夢を見ているみたいだと思ったら、少しだけ怖くなった。想像もしなかった幸せを感じているから、それを失うのが恐ろしい。これが夢ではないことを確かめたくなって、ジークリンデはバルドメロの頬にそっと触れる。硬くて、少し冷たい感触。でも肌はなめらかで、形のよい唇から静かな寝息が聞こえてくる。

まじりけのない黒髪はさらさらしていて、凛々しい眉に、長い睫、筋の通った鼻。

「本当に、端正な顔をしているわね……」

眉を親指でなぞったり鼻をつまんでみたりしながら、ジークリンデは呟く。

彼はよく綺麗だと言ってくれるが、はっきり言って、自分よりもバルドメロのほうが相貌が整っていると思う。

帝都で、女性に人気なのも頷けた。

でも、今の彼はジークリンデの夫。たったひとりの、愛しい伴侶。

「バルドメロ……」

両手で優しく彼の頬を包んで、ちゅ、と唇を重ねた。

自分から口づけるのは初めてだったので、何だか照れてしまう。

「――次は、俺がちゃんと起きてる時にしてくださいね」

「きゃっ!?」

いきなり声をかけられて、ジークリンデは驚いて身を引こうとした。しかし彼の腕は力強くて、逃げることができない。

「やだ、バルドメロったら、いつから起きていたの？」

「あなたが俺の顔をぺたぺた触っていた時から、ずっと起きていましたよ」

ぱちり、とバルドメロの琥珀色の瞳が見開く。そしてふっと微笑んだ。

「おはようございます。ジークリンデ」

「ええ、おはよう、バルドメロ」

結婚を機に、彼はジークリンデを敬称なしで呼ぶようになった。夫なのだから敬語もやめてほしいと言ったのだが、それは譲れないようで、今でも敬愛を込めて使っている。

「ねえ、もう一度、俺に口づけてください」

「そ、それは恥ずかしいから……」

「昨晩、もっと恥ずかしいことをたくさんしたじゃないですか」

「あ、あれはあれ、これはこれなの！」

ジークリンデは顔を真っ赤にして、バルドメロの逞しい胸板を叩く。

結婚してから一ヶ月、ジークリンデは毎日バルドメロに抱かれていた。

もう何度、胎に子種を注がれたかわからない。

寄宿舎と離れた場所に新居を置いたせいか、ジークリンデは毎夜喘がされ、甘やかな快感の海に溺れている。おかげで、少し寝不足だ。

「昨日のジークリンデは、いつも以上に可愛かったですよ。自分からおねだりをたくさんしてくれましたね」

「ち、違うの。だってあれは……バルドメロが、いっぱい焦らすから」

達する直前で何度も寸止めされた挙げ句、勢いにまかせてとんでもなく恥ずかしいことを口走った覚えがある。

「だから次は、俺のおねだりを聞いてください」

「バルドメロ、何だか最近、意地悪になっていない？」

「そんなことありません。俺はただ、あなたに甘えているだけですよ」

くすくす笑って、バルドメロの手がいやらしく動いて、ジークリンデの白い肌を滑った。

そして、柔らかい乳房をふわりと包む。

「もう一回、唇に口づけしてください」

「いや」

「俺に意地悪するんですか？　それなら――」

きゅっと乳首を摘まんだ。そこが弱いジークリンデはビクッと身体を揺らす。

「っ、あ、ん……っ」

「俺も意地悪しますね。それとも――フフ、本当はもっと弄ってほしいのですか？」

「ち、ちが……う、ンっ」

ふるふると首を振るも、毎日執拗な愛撫をされているせいで、身体はすっかり解されていた。彼が少し乳首を弄るだけで、たちまち下肢を濡らしてしまうほどに。

「だ、だめ。意地悪しないで、バルドメロ」

ジークリンデは慌ててバルドメロの唇に口づけた。

彼はくすくすと嬉しそうに笑う。

「ありがとう。あなたからの口づけがあまりに優しかったから、もう一回欲しいと思ってしまったんです」

「もう。朝はこういう意地悪をしたらだめよ。夫婦の営みは、夜するものなんだから」

「はい。じゃあ今晩もいっぱい愛してあげますね」

耳元で甘やかに囁かれ、ジークリンデの下腹がきゅんと疼く。

「ん、ん……もう、起きないと！」

ジークリンデは目を瞑って気持ちを切り替え、むくっと起きた。途端、裸で寝ていたことを思い出して、ぱっと掛け布で胸元を隠す。

「そうですね。そろそろ朝の鍛錬の時間です」

バルドメロも身を起こす。逞しく引き締まった彼の肢体が露わになって、ジークリンデは慌てて後ろを向いた。

「まだ恥ずかしいんですか？　毎晩裸で抱き合っているのに」

「だから、それとこれとは別なの！」

わめくように言うと、バルドメロは楽しそうに笑いつつ、寝台から立ち上がって服を着始めた。

ジークリンデも掛け布を肩にかけながら、騎士服を身に付ける。

朝の支度を終えたら、訓練場に移動して、日課の鍛錬だ。

ふたりで淡々とこなしていると、少し遅れた形で他の騎士たちもやってきた。挨拶を交わし、何気ない世間話をしながら鍛錬を終えると、ジークリンデは汗を拭いてから寄宿舎に戻り、調理室に向かった。

「エルフ、おはようございます」

「あ、ジークリンデ様、おはようございま～す」

のんびりした様子で、朝食を作っていたエルフが挨拶を返してきた。

「手伝うわ。パンはもう焼き上がっているの？」

「はい。そこのカゴにまとめてください」

ジークリンデはミトンを手にはめると、壁にはめ込んだオーブンを開けて、熱い天板を取り出した。

「ああ、いい匂いね。私、焼きたてのパンの匂いが大好きだわ」

「今日は木の実入りパンですから、香ばしくて美味しいですよ」

薄切りにした燻製肉を焼き終えたエルフは、七枚の皿に一枚ずつのせていく。

「あ、ジークリンデ様。卵焼きをお願いしてもいいですか？」

「ええ、任せて」

食料庫から卵を取り出して、木製のボウルに入れてよく溶く。それから薄手の鍋にバターを入れて、溶き卵を注いだ。

手際よく調理するジークリンデを、エルフがまじまじと見つめる。

「本当に料理が上手になりましたね～。ヴァイザー領に来た頃は、よく卵を焦がしていたのに」

「そりゃあ、毎日のように作っていればね」

くすくすと笑う。帝都の城に住んでいた頃は、食事は料理人が作るものだった。最前線にいた頃は時々お菓子は作ったものの、基本的に配給品を口にしていたから機会がなかった。

「毎日のように……ですか」

サラダを作っていたエルフが、レタスを千切りながら横歩きでジークリンデに近づく。

そして、指先でつつと首筋をなぞった。

「ひゃあんっ！」

ぞくぞくした感覚に襲われて、ジークリンデは妙な声を出してしまった。

「う〜ん。ジークリンデ様ったら、すっかり仕上がってますね〜。反応が可愛いすぎますよ」

「何、いきなり！　仕上がるって……何のこと？」

木べらを手にしたまま、顔を真っ赤にしたジークリンデが振り返った。エルフはにまにました笑みを見せている。

「いえいえ。こちらのことですよ」

ぺろっと舌を出したエルフに、ジークリンデは呆れたため息をついた。バルドメロもだが、エルフも少し悪戯好きというか、意地悪なところがある。そういえばフンダートも似たようなところがあるかもしれない。

その時、遠くから地響きのような音がした。地震かと思ったが、床は揺れていない。その地響きは次第に近づいてきて、バンと勢いよく扉が開いた。

「何をされたんですか、ジークリンデ！」

現れたのは、バルドメロだった。その手はなぜかスコップを持っている。

「バルドメロ？　そのスコップはどうしたの」

「フンダートの温室を手伝っていたんですよ。そうしたら、あなたの喘ぎが聞こえてきたので、走ってきました」

「温室……って……」

　ジークリンデはぽかんと口を開ける。温室の場所は寄宿舎の横手だ。そんなところで作業していて、なぜ調理室の声が聞き取れるのだ。

「いや～面白い！　これからバルドメロを呼びたい時は、ジークリンデ様を弄ろうかな！」

「……次、ジークリンデに触れたら、その指を切り落とす」

「ふふん、できるものならどうぞ～？」

　びしびしと殺気がぶつかり合う。ジークリンデは慌てて「だめだめ！」とふたりを止めた。

「バルドメロ、冗談でもそういうことは言ってはいけないわ。エルフも挑発に乗らないの」

　厳しくたしなめると、バルドメロはたちまちしゅんとして、エルフは素直に「は～い」と返事をした。

「ですが、ジークリンデ。できる限りエルフとふたりきりにならないでほしいんです」

「どうして？」

「間違いが起きないようにするためです」

「そんな。だって女同士よ？」

ジークリンデが言うと、エルフはすすすと隣に歩いていって、ジークリンデの手をぎゅっと握った。

「そうですよね。女同士だもの～」

きゃっきゃっと笑うエルフを見て、バルドメロはとても悔しそうな顔をする。

「……エルフ、俺をからかって楽しいか？」

「すごく楽しい」

「…………」

「わ、バルドメロったらすごい顔。凶暴な熊も全力で逃げ出しそうだよ」

殺気をみなぎらせるバルドメロに、エルフはわざとらしく驚いてみせた。

そんなふたりのやりとりを、ジークリンデはじっと見つめる。

「以前から思っていたけれど、バルドメロってエルフには遠慮がないのね。私にはずっと敬語で、結婚してからも、敬語だけはやめられないって言っていたのに……」

「え？」

ぎょっとした顔をするバルドメロ。

「あらら？」

エルフは頬に手を当て、おやおやと目を丸くする。

「別に私は、敬語が気に入らないわけじゃないんですけど」

「ジークリンデ。エルフとはその、同郷だったものですから、つい、言葉が荒くなってしまうんですよ」

「それって、エルフには素を出しているってことよね。でも、私にはよそ行きの顔でいたいの？」

「違います！　俺はただ、ジークリンデの隣にいても見劣りしないような紳士を目指したくて。よそ行きのつもりはないです！」

エルフに対する遠慮のなさはどこへやら。ジークリンデが拗ねると、バルドメロはすっかり困った顔をして、必死に弁明をし始めた。

その様子を見ていたエルフは、楽しそうにくすくす笑う。

「本当、バルドメロは変わったね。もちろんいい方向に」

「……お前は昔から変わらないな。特にその、すぐに人をからかうところが」

「いや～これは性分でして。さてと、ジークリンデ様、バルドメロと痴話げんかがしたいなら夜にじっくりとどうぞ。今は朝ご飯を早く用意しましょう」

エルフに軽く注意されて、ジークリンデは慌てて卵料理を皿に盛り始める。

「ごめんなさい。バルドメロも温室の作業が途中なんでしょう？　もうすぐ朝食よ」

「はあ……わかりました」

不満そうなため息をつきながら、バルドメロが調理室を後にする。

「前から過保護だったけど、結婚してから更に過保護になりましたね〜」

「ええ、いつも一緒にいるのに、やけに心配性になった気がするわ」

ワゴンに朝食をのせて、食堂まで運びながらエルフと話す。

「あれは執着心と独占欲が暴走してますよ。バルドメロは基本的に自制心がない奴だから、ジークリンデ様がちゃんと手綱を引いてくださいね」

「そんな、馬じゃないんだから」

あははとジークリンデは笑う。だが、エルフは少し真面目な顔をして人差し指を振った。

「わりと笑いごとじゃないですよ。私たちって、そういうのまったく教育されてないんです。ジークリンデ様から初めて道徳や倫理を教わったくらいですし」

「……確かに、最前線でのあなたたちは歯止めが利かないところがありましたね」

当時を思い出したジークリンデも神妙な表情になった。

「あの頃に比べたら随分ましになりましたけど、私たちの本質は野生の獣とあんまり変わらないので、バルドメロが本当に暴走しそうになったら止めてくださいね。そういう時のバルドメロって、私やフンダートの声さえ聞こえなくなるから」

ふふっと微笑む。やけに意味深な雰囲気に、『まさか』と言いながら笑おうとしたジークリンデが、思わず言葉を呑み込んだ。

「でも確実に、ジークリンデ様のお願いなら絶対に耳に届きますから、その時はお願いします」

「……よくわからないけれど、バルドメロが怒ったら止めるようにするわね。でも、ちゃんと私の声を聞いてくれるかしら」

「聞こえるに決まってますよ〜！　奴はジークリンデ様の声だけならオオカミ並みの聴力になるんです。現にさっきだって、温室から走ってきたでしょ？」

「あれはたまたまだと思うけれど」

エルフがいつものように明るく微笑んだのが嬉しくて、ジークリンデもくすくす笑った。

騎士団が朝食を終えた頃、アルノルトが寄宿舎にやってきた。

「皆、おはよう！　もしかして朝礼前かい？」

「おはようございます。そうですね、ちょうど今から行うところでした」

挨拶を返したジークリンデが後ろを見ると、フンダートが食後のお茶を配っている。彼は新しいカップに紅茶を注いで、アルノルトに見せた。

「伯爵様もいかがですか。集中力の増すハーブと一緒に煎じたブレンドティーですよ」

「おお、仕事前にぴったりの飲み物だね！　ではそれを頂きながら、私の話を聞いてくれるかい」

騎士団員が皆、着席する。アルノルトは立ったまま紅茶を飲み、神妙な顔になった。

「実は今日、クルト皇子がお越しになる」

「……え？」

カップを口に近づけていたジークリンデの手が止まった。

「クルト皇子って、ジークリンデ様の義弟のクルト皇子ですか？」

「やけに急な話ですね」

周りの騎士たちもざわざわし始める。フンダートがコホンと咳払いをした。

「皇子は現状で唯一の皇位継承者でしょう。帝国にとって重要な人物のはずです。それなのになぜ、事前に連絡が来なかったのですか？」

「それはクルト皇子たっての要望で、お忍びの旅をされているからだそうだ。私も、今朝知らせが届いて驚いた」

アルノルトが疲れたようなため息をつく。

「到着は正午ごろ。護衛は帝都騎士三名と、皇妃の私兵が四名。滞在期間は未定。クルト皇子がご満足あそばされたら、帝都に帰られる予定だよ」

ひととおりの報告を聞いたあと、エルフが難しそうな顔をして腕組みした。

「う〜ん、毎日のお勉強が嫌になって旅行がしたくなったものの、今のところ遠出が必要なご公務はない。だから姉に会うという口実でお忍び旅行を計画した。当然周りはいい顔しなかったけど、皇子を溺愛する皇妃が反対を押し切って強行させた。あたしの憶測ですが、だいたいこんなところですかね～？」

　妙に説得力のある憶測だとジークリンデは思った。クルトはまだ四歳だから、わがままなところは当然ある。何度か手紙をやりとりしていたが、クルトは毎回『僕もヴァイザー領に遊びに行きたい』と書いていた。ジークリンデが送った手紙は写真も同封していたから、余計に自分の目で見てみたいという欲求が強まったのかもしれない。

「何にせよ、正午に到着される予定なら、あまり時間がありませんね。叔父様、すぐに街の宿に連絡して、部屋が空いているか確認しましょう。クルト皇子の宿泊場所は叔父様のお屋敷になると思いますが、両隣に護衛の騎士が待機できるような客室の準備をお願いします」

「そうだね、まずは宿の確保が最優先だろう」

　ジークリンデの指示に、アルノルトが頷いた。

「エルフを連れていってください。彼女は危険察知能力がとても優れているので、要人の宿泊に最適な部屋を探すのが得意です」

「おお、それは助かるよ！　お願いできるかな」

「もちろんです。早速行きましょう」

　エルフとアルノルトは足早に食堂を出て行った。

　ジークリンデは他にも領地警備に就く衛兵に通達する者や共和国の動きを確認する者な

どの采配を滞りなく終えて、最後にバルドメロを見上げた。

「バルドメロは私と来て。お忍びとはいえ、護衛をぞろぞろ連れた貴族が街を歩き回ったらどうしても目立つわ。だから、皇子の身分は伏せて領民に事情を話しておきましょう。正午になったら、一緒にクルト皇子をお迎えするわよ」

「はい、どこまでもお供します」

バルドメロはにっこり笑って、嬉しそうにジークリンデの後をついていた。

正午を少し回った頃。予定通り、ヴァイザー領の街にクルト一行が到着する。

ジークリンデが事前に話を通したとはいえ、やはり彼らはとても目立った。皆、物珍しそうにその一行を眺めている。

「ヴァイザー領にようこそいらっしゃいました。長旅ご苦労様です」

迎えに来たジークリンデが一行に声をかけると、護衛に囲まれていた白金髪の少年――クルトが、ぱっと相好を崩す。

「義姉上ー！」

全速力で走って、ジークリンデに抱きついた。途端――ジークリンデの後ろに立っていたバルドメロから、黒い殺気がざわっと広がる。

「……なっ」

「義姉上、会いたかったです！」

「クルト、私もよ。会えて嬉しいわ。少し背が伸びたわね」

ジークリンデは優しくクルトの髪を撫でる。

「帝都からの旅は大変だったでしょう。得たものも多かったんじゃない？」

「はい。こんなにも長い旅ができたのは初めてでした。全ては、義姉上が先の戦から平和を導いてくれたおかげです」

きらきらと翡翠色の瞳を輝かせて、クルトが笑顔で言った。

「……ジークリンデ。立ち話を長引かせるのはよくありませんから、まずはアルノルト様のお屋敷に向かいませんか」

何かを我慢するような、低い声。振り向くと、バルドメロの目が据わっていた。

どうして不機嫌なのだろう。ジークリンデは疑問を覚えつつも「そうね」と頷く。すると、ずっとジークリンデに抱きついていたクルトが、大きく目を見開いた。

「バルドメロ・ツヴァイ！　皇城の謁見室でお見かけしたことがあります。歴戦の英雄！　わあ……会えて嬉しいです！」

クルトはバルドメロの傍に走り寄って、尊敬の眼差しを向けた。

「え、あ……」

たちまちバルドメロは戸惑いの表情を浮かべた。どう対応したらいいのかまったくわからないといった様子だ。

どうやらバルドメロは子どもが苦手らしい。新たな一面を見た気がして嬉しくなったジークリンデはくすっと笑った。

「皆さんもお疲れでしょう。アルノルト様のお屋敷に案内しますので、まずは旅の疲れを癒やしてください」

護衛にも声をかけたジークリンデは、準備していた馬車にクルトたちを乗せた。そしてバルドメロが御者役を務める形で丘の上にあるアルノルト邸に向かった。


「本当に長旅は大変だっただろう。心ゆくまで寛いでくれたまえ」

豪奢な応接室でクルト一行を歓迎したアルノルトは、彩り豊かな軽食や菓子を勧める。普段は質素な生活を好むアルノルトであるが、一応貴族を迎えるための部屋はちゃんと用意してあるのだ。

「急な知らせでありながらもこのような歓待、まことに痛み入ります、アルノルト伯爵」

クルトは帝国式の最上礼でアルノルトに感謝の意を口にした。まだ四歳だが、礼儀作法の教育はしっかり行き届いているようだ。

「皆の者、伯爵は寛大な御方だ。お言葉に甘えて、寛がせて頂こう」

後ろに控える護衛たちにクルトが声をかけた。彼らは「御意にございます」と頭を下げ、軽食を取りに行ったり、エルフから飲み物をもらったりし始める。

「フフ、堅苦しい挨拶はこれくらいにして、ここからは親戚水入らずの歓談と行こうか。久しぶりだね、クルト皇子。といっても、前に会ったのは三年前だから、君は一歳だった。さすがに覚えていないだろうね」

アルノルトが気さくに話しかけると、クルトも緊張を解き、年相応の笑顔を見せた。

「残念ながら。でも、母上から叔父上のお話は聞いています。戦時中は少数の兵で数多くの防衛戦に勝利し、皆から軍師将軍と呼ばれるほどだったとか」

「いやあ、その称号は恥ずかしいから忘れてほしい。本当はそんなにすごい将でもなかったんだ。ただ私は、ラスカ山地の山の民と懇意にしていてね。たびたび、彼らの戦力を借りていたんだよ」

照れ笑いするアルノルト。ジークリンデたちが最前線で戦っている間、彼も様々な戦を経験していたらしい。

「義姉上、あらためて結婚おめでとうございます」

「ありがとう。クルトから直接お祝いを言ってもらえるなんて、夢にも思わなかったから、とても嬉しいわ」

ジークリンデが微笑むと、クルトは「えへへ」と白い歯を光らせて笑う。

「僕だけではありませんよ。父上が義姉上の結婚を発表してから、帝都は大騒ぎです。みんな祝福していて、お祝いの花がたくさん皇城に届いたんですよ」

そう言って、クルトは一枚の写真を差し出した。写真に写っているのは皇城にあるジークリンデの私室で、数え切れないほどたくさんの青い花が飾られていた。

それはハヴィランド帝国の国花、コーンフラワーブルー。何かを祝う時によく飾られる花で、皇帝の誕生日は帝都の街並みが美しく青に染まる。

「帝国民に、こんなにも祝って頂いていたなんて……」

写真を眺めながら、ジークリンデの胸が熱くなる。

「当然ですよ！」

クルトが自分のことのように胸を張った。

「救国の聖女と歴戦の英雄の結婚。盛り上がらないわけがありません。しかも、義姉上もバルドメロ様も北の領地で今も監視業務に就き、帝国の平和に更なる貢献をしておいでです。おふたりは守護神も同然で、みんな感謝しているんですよ」

目をきらきらさせて熱弁するクルト。ジークリンデは思わず、隣に立つバルドメロに目を向けた。彼は苦々しい表情を浮かべている。

基本的にバルドメロは褒め言葉が苦手なのだ。ジークリンデが彼を褒めれば満面の笑みになるが、他の人が相手になると、途端にこんな顔をする。どう反応すればいいのかわからない。そんな感じだ。だからジークリンデはバルドメロをかばうように笑ってみせて、クルトを軽くたしなめた。

「……嬉しいけれど、持ち上げすぎはよくないわ。確かに私たちの任務は共和国の動きを監視することだけど、守護神は言いすぎよ」

「まあまあ、それだけ君たちが英雄視されているってことだよ」

アルノルトが気楽に笑う。

「この間、皇城で豊穣を願う舞踏会が開かれた時、義姉上とバルドメロ様が結ばれる愛の物語が戯曲になるという話を聞きました。義姉上は戯曲を集めるのが好きでしたよね。僕、絶対に手に入れますから、送りますね」

「ぶはっ」

近くで話を聞いていたエルフが吹き出した。バルドメロがぎろっと彼女を睨む。

「ごめんなさい。だって、ぎ、戯曲！　ジークリンデ様はともかく、バルドメロが戯曲になるなんて、おかしすぎるっ」

「俺も恥ずかしさのあまり憤死しそうになっているんだから、お前は笑うのをやめろ」

小声で言い合うバルドメロとエルフをよそに、クルトは夢を見るようなうっとりした顔で天井を仰ぎ、両手を組んだ。

「帝国のために戦場で果敢に戦う義姉上と出会った、負け知らずの英雄。互いの背中を守りながら気付く、身分の差を超えた真実の愛！　今、帝都の女性は貴族も平民も皆、このロマンティックな愛の物語に夢中なんですよ」

笑い死にしそうになったエルフは「飲み物がなくなったので、おかわりを持ってまいります！」と言いながら応接室を出て行った。

「ま、まあ……戯曲はともかく、帝都が平和そうで何よりだわ」

若干、玩具にされている気もするが、公の場でそんな話題ができるのは、今の帝国が平和だからこそだ。三百年戦争時代は、たとえ舞踏会があったとしても、どこの戦場で誰が功績を上げたとか、帝国の強さをたたえ合ったりとか、そういう話題で盛り上がっていた。

「そうだ！　僕、母上から手紙を預かってきたんです。僕から直接義姉上に渡すようにと言われました」

クルトが突然、懐からごそごそと手紙を取り出す。そしてジークリンデに渡した。

手紙の開け口には、ハヴィランド家の家紋で封じた蜜蠟が捺してある。

（義母上が私に直接手紙を？）

あんなにも毛嫌いしているのに、珍しい。ジークリンデはナイフで封を切り、中の手紙を読んだ。

途端、眉間に皺が寄る。

「どうしました？」

ジークリンデの表情が変わったことに、いち早く気付いたバルドメロが声をかける。

皇妃からの手紙には季節の挨拶もなく、いきなり本題が書いてあった。

――『帝都は今、水面下ではふたつの勢力に分かれている。戦争推進派と穏健派だ。危険な思想を持つ一部の貴族は、皇族を逆恨みして敵視する者がいる。わらわはクルト皇子を守るため、一端ヴァイザー領にかくまうことにした。しばらくの間、クルト皇子を任せる』

……二分される勢力は、ランバルトからの報告書にも書いてあった。

帝国には、戦争を望む一派が存在しているのだという。

そして事態は、予想していたよりも早く動いているようだ。

ジークリンデは黙ってバルドメロに手紙を渡した。軽く目を通したバルドメロの表情が険しいものになる。

「手紙にはなんと書いてありましたか？」

内容が気になっていたのか、クルトが無邪気な笑顔で聞いてきた。

「義母上はクルトのことを心配していたみたい。あなたをよろしくって、書いてあったわ」

要点には触れずに、当たり障りのない返事をする。しかし、クルトはジークリンデの言葉を聞いて、少し寂しそうな顔をした。

「そうですか。義姉上の結婚については何も書かれていなかったのですか？」

「ええ」

「…………」

クルトが俯く。ジークリンデは慌てて屈み、クルトと目線を合わせた。

「どうしたの？　私、何か変なことを言ってしまったかしら」

「いえ。やっぱり母上は、義姉上の結婚を祝って下さらなかったのですね」

どうやらクルトは、皇妃がジークリンデにお祝いの手紙を書いてくれたのだと思っていたようだ。

「母上はどうして、義姉上を好きになってくれないのでしょう。僕には優しいけれど、それは僕が男で、父上の跡継ぎだからなのかな、と思う時があります。僕がもし女として生まれていたら、優しくしてもらえなかったのかなって。そう思うと、悲しくなります」

「クルト……」

ジークリンデは、かけてやる言葉が思い浮かばず、年の離れた義弟を見つめた。

まだ幼い身であるが、彼なりに、いろいろなことを感じ取ったり、悩んだりしているのかもしれない。

「父上もそうですよね。僕は父上から言葉をかけられたことがほとんどありません。父上は僕に興味がないんです。ただ、僕が皇位継承者だから……お傍に置いて下さるだけ。母上はそんな父上の背中をいつも寂しそうに見ていました」

ジークリンデは小さく息を吐いた。そして黙ったまま、優しくクルトを抱きしめる。

「本当に……ごめんね。私は、あなたをあの広いお城に置いていってしまったわ。義母上は優しくても、ずっと孤独を感じていたのね」

「いいんです。僕は皇族として、父上の後を継ぐため、お城でたくさん学ばないといけない。ただ、せめて母上と義姉上が仲良くなってほしいんです。……僕の大切な家族だから、できるだけ仲良くしてほしい……と思うから」

「ええ。私も、義母上と仲良くしたいわ。いつかバルドメロと一緒に里帰りする日が来たら、その時は協力して頂戴ね」

元気づけるように明るく言うと、クルトはようやく顔を上げた。そして翡翠の瞳をきらきらさせて「はいっ」と笑顔で頷く。

「僕も食事を頂きますね。今日は朝から何も食べずに来たので、お腹がすいてきました」

「それはいけないわ。おいしいものを用意しているから、たくさん食べてね」

「ちょうどいいから、ヴァイザー領の郷土料理を紹介してあげよう。クルト、こっちにおいで」

アルノルトに呼ばれたクルトは、ジークリンデに軽く頭を下げてから走って行く。

その可愛い後ろ姿を、ジークリンデは優しく見つめる。彼女に近づいたバルドメロが、クルトの様子を見ながら言った。

「クルト皇子は、四歳とは思えないほどしっかりしていますね。それに、よく周りを見ているというか……」

「そうね。私もそうだったけど、クルトの周りには大人しかいないのよ。そうなると、どうしても大人の顔を窺いながら生きるようになってしまう。だから、早く同世代の友だちができるといいんだけどね」

そう言ってから、ジークリンデは声を潜めた。

「……帝都で動いているという推進派が気になるわ。何だか嫌な予感がするの」

「確か、ベイジル宰相が推進派の思想を持っているという噂でしたね」

ジークリンデの顔が険しくなる。

(平和になったのに、なぜ間違いを繰り返そうとするのだろう。……いえ、今、考えてもわからないことは、後で考えればいい。それよりも自分のやるべきことをしなければ)

顔を上げて、決意する。

「クルトは私にとって大切な義弟よ。義母上に頼まれなくても、命をかけて守り通すわ」

ぐっと拳を握るジークリンデの肩を、バルドメロが抱き寄せた。

「俺はそんなあなたと、あなたが大切にしている者を守りますよ」

優しくも力強い言葉。自分には味方がいるという実感が湧くと、嬉しくなる。

「ええ、頼りにしているわ、バルドメロ」

ジークリンデが見上げて言うと、バルドメロは琥珀色の瞳を細めて頷いた。

第六章　狂獣の手綱

秋の季節が終わりにさしかかっていた。

ヴァイザー領は短い収穫期を終えたら、すぐに長い冬の季節になる。雪解けの季節まで雪に閉ざされてしまうため、この時期の領民は忙しそうに冬支度を始めていた。

それは辺境守騎士団も同じなのだが――今、バルドメロはとても不機嫌そうな顔をして、寄宿舎近くの物見台から憤然とラスカ山地の方向を睨んでいた。

今、クルト皇子とジークリンデ、そして皇妃の私兵が、あの山地に向かっている。

始まりはクルト皇子のお願いだった。ラスカ山地をこの目で見てみたいと、ジークリンデにせがんだのだ。

基本的にジークリンデはクルトに甘い。バルドメロは甘やかしすぎだと思っている。

確かに戦争は終わったが、まだ安心するのは早い。ラスカ山地は広すぎるから、共和国の兵が潜んでいる可能性も充分ある。

バルドメロは、監視塔からラスカ山地を眺める程度にしておくべきだと反対した。

しかし、クルトが連れてきた私兵は自信満々に胸を叩き『我々がついているから問題ない』と断言した。ならば自分も同行しようとしたバルドメロを、じろりと睨んで牽制する。『たとえ皇女様と結婚したとしても、そなたは下級騎士に過ぎぬ。更には皇帝陛下より爵位を賜ったとはいえ最下位の男爵であり、しかも領地も領民も持たぬ形だけのもの。そなたはもっと自分の立場をわきまえたまえ』と蔑むように言い、せせら笑った。

私兵は恐らく貴族出身なのだろう。ジークリンデやクルトには聞こえないように忠告するところが何とも陰険で、また小物といった感じだった。

物見台の屋上に立っていると、バルドメロの隣にエルフがやってきた。そして呆れたようなため息をつく。

「やっぱり貴族にとってバルドメロは目障りな存在なんだね〜。まあ、何といっても歴戦の英雄。そして誰もが狙っていたジークリンデ様を、颯爽と手に入れた勝者なんだもの。妬まれるのは仕方ないけどね」

「ジークリンデを勲章か何かと勘違いしている奴らが何を言おうとどうでもいい」

彼女を理解し、愛することができるのは自分だけだ。

「そんなことより、俺はジークリンデが心配なんだ。彼女は大丈夫だと言ったが、やはり無理やりにでも同行するべきだったかもしれない」

妙に心がざわざわする。本能が危機を察知しているみたいで落ち着かない。

嫌な予感がするとジークリンデも言っていた。自分の知らないところで、何かとんでもないことが動いているのかもしれない。

「ああ、ここにいたんですか。探しましたよ」

物見台に、フンダートがやってきた。

「どうした」

「うちの団員も言っていたんですが、クルト皇子が連れてきた私兵に、挙動の不審な者がいました。私も注意して見ていたんですけどね、手癖や足癖がどうにも似ていたんですよ。

——私たちに」

ざわ、と辺りの空気が変わる。バルドメロの琥珀色の瞳が冷たく光った。

「飼育室は解体されたんだろう？」

「何人か手駒として残しておいたのかもしれません」

「最悪ね。バルドメロから聞いたけど、飼育室って、ベイジル宰相のお抱え施設だったんでしょ。今すぐ帝都に戻って殺してやりたいわ」

殺意を隠そうともしないエルフを横目で見て、フンダートは目を伏せる。

「よくない流れですね。宰相がこの件に関わっているかどうかはまだ判断できませんが、誰が何を企んでいるにせよ、その企みが成功すれば、最悪の事態になるかもしれません。もし飼育室に需要があると判断されたら、再び作られるかもしれない」

バルドメロとエルフが目を見開く。

「戦争が終わっても、暗殺や政治的な破壊活動などの『汚れ仕事』がなくなるわけではありません。むしろ、そういう方面の需要が増える可能性すらあります」

「なるほど。……まあ、戦時中だって、そういう仕事には事欠かなかったものね」

身に覚えのあるエルフの目がどんどん濁っていく。

「ですから、私たちは何としても阻止しなければならない。まずは彼らが街を離れているうちに調査する必要があるでしょう。というわけでバルドメロ、手伝ってください」

「ああ、構わないが。エルフはどうするんだ？」

「エルフは帝都騎士の方々を足止めしてください。怪しいのは私兵のほうなので、彼らは巻き込みたくありません」

「了解よ。いいとこのお貴族様って感じだったから、強めのお酒でも勧めてみるわ」

切り替えの早いエルフはすぐさま頷き、物見台を離れていった。

「では、私たちも行きましょう。私兵の宿は街の宿泊施設のはずです」

言うなり、フンダートは音もなく走って行く。元暗殺者らしい、風のような動きだ。バルドメロは彼の後を追い、街へと向かって行った。


目的の宿泊施設は、街の目抜き通りに面した目立つ場所だった。

いくつかの建物の影を渡って裏側から近づき、フンダートは宿泊施設の壁に耳を当てる。

「ふむ、二階の角にひとりいますね。とても分かりやすい。ヴァイザー領が田舎でよかった」

「旅行者なんて滅多に来ないからな」

壁伝いに人の気配を察知する。フンダートの得意技である。

「ひとりということは、見張りか？」

「私たちが動くことを見越して用心したのかもしれません」

フンダートが二階を見上げる。目当ての部屋は木窓が閉じていた。

「鍵開けの道具はありませんし、ここは窓を破るしかありませんね」

「なぜ隠密行動が得意なエルフではなく、俺に手伝えと言ったのか、今やっとわかった。要は荒仕事になるから、だったんだな」

「その通りです」

ご明察と言わんばかりに、フンダートが拍手した。

「まったく……」

ぶつぶつ文句を言いながら、バルドメロは二階を見上げた。

「私が足がかりになりますから、手早く無力化させてくださいね」

「わかったから早くしろ」

急かすと、フンダートは「はいはい」と言って中腰になった。そして両手を組んで前に突き出す。バルドメロはフンダートの両手に片足を乗せた。すると彼は勢いよく両手を上げる。それをバネ代わりにして、バルドメロは軽々と二階まで跳躍した。

バキン！　と肘で木窓を割り、転がるように部屋へと侵入する。

「なっ!?」

中で待機していた私兵が驚いた顔をした。

(——遅い)

バルドメロは床を蹴って私兵に近づき、その顔を片手で掴んで床に押し倒した。

後頭部をしたたかに打った私兵は、そのまま失神する。バルドメロは黙々と私兵の手足を縄で縛って、口に猿ぐつわをかませた。

「さすがバルドメロ。捕縛も手早く、鮮やかなお手並みですね」

壁を伝い登ってきたフンダートが、窓から入って満足そうに笑う。

「こんなことで褒められても嬉しくないな」

「ジークリンデ様にやらないんですか？」

「やるわけないだろう。何を考えているんだ」

「そうですか……」

どこか残念そうに言うフンダートに、バルドメロは頭痛を感じた。

「早く探そう。奴らの荷物は……あそこか」

寝台の近くにまとめてあった荷物を見つけ、中を検めた(あらた)。順番に探っていると、硬い筒のようなものを見つけた。

「これは何だ？」

両手で端を摑んで引っ張ってみると、ぽんと軽い音がして、筒が開いた。

「ふむ、中に入っているのは……密書のようですね」

フンダートが筒に入っていた紙を取り出して、中身を確かめる。

「ラスカ山地にクルト皇子を連れ出し暗殺せよ。そう、書いてあります」

「……何だと」

バルドメロが訝しげな顔になる。

「待て。そんなあからさまに犯罪の証拠になりそうなものを、どうして持って来たんだ。普通は内密に処分するものじゃないのか」

「さあ。意外と間の抜けた理由かもしれませんね。この密書の持ち主が考えの足りない馬鹿だったとか、あるいは謀りごととは無縁に生きてきたぼんくらか」

「…………」

バルドメロは、今朝自分を罵った貴族の私兵を思い出す。何となくだが、彼ならやりかねないと思った。

「何にしてもこれは緊急事態です。そろそろ彼を起こして、事情を話して頂きましょう」

フンダートは顎で失神している男を指す。バルドメロは大股で男に近づくと、近くにあった花瓶を手に持ち、男の顔に冷水を乱暴にぶっかけた。

「…………!?」

目の醒めた男が慌てて暴れ出す。バルドメロは猿ぐつわを外すと、男の瞼にナイフをぴたりと当てた。

「動くな。次に動いたら目を抉る」

低く、殺気の篭もった声。男はたちまち震えだして、口を閉ざす。

「……うう」

「こちらの質問にだけ答えろ。無駄口を叩いたら鼻を削ぐ」

すす、とナイフを滑らせて、次は鼻の下にナイフを当てた。

「迫力満点ですねえ。ジークリンデ様はこんな獣みたいな男のどこに惚れたんでしょう」

フンダートが茶々を入れるが無視する。バルドメロは先ほど見つけた密書を広げ、男に見せた。

「この指示書が、そこの荷物に入っていた。お前たちにクルト皇子を暗殺するよう命じたのは誰だ？　知っていることを話せ」

ゆっくりとナイフを外す。途端、男は堰を切ったように話し出した。

「俺は何も知らない！」

「………」

ナイフを再び彼の鼻に当てようとする。

「ほ、本当だっ！　俺は、こんな指示書なんて知らない。皇妃様からクルト皇子の護衛を任されただけなんだ！」

「ここに来た私兵、全員が皇妃様直属の私兵なんですか？」

フンダートがとても穏やかな口調で訊ねる。バルドメロより話が通じると思ったのか、男はフンダートに顔を向けて首を横に振った。

「ち、違う。皇妃様と面識があるのは俺だけだ。他の三人は、ベイジル宰相が腕利きの護衛だと言って、紹介して下さって……」

「なるほど、そう繋がるんですね」

ニコニコとフンダートが微笑んで、男に近づいた。

「もういいですよ。聞きたいことは聞けましたから、どうぞおやすみなさい」

「え？」

とすっと音がした。フンダートが男の首に手刀を当てたのだ。途端、男は再び失神してしまう。

バルドメロとフンダートは窓から降りて、そのまま走り出した。

「やはり宰相が首謀者だったな。しかしわからない。どうしてクルト皇子を暗殺する必要がある？　もし奴が帝国の混乱を狙っているなら、普通は皇帝を狙うものじゃないか」

走りながらバルドメロが疑問を口にすると、フンダートが「そうですね」と言って、考え込む。

「……そういえば、ベイジル宰相はジークリンデ様を共和国の要人と結婚させようとしていましたね」

「ああ。平和の礎にすると言っていたらしいな。嘘か本当かは知らないが」

「しかしジークリンデ様は早々にバルドメロと結婚してしまいました。宰相にしてみれば予想外の出来事でしょう。権力を使って無理やり破談させたくても、バルドメロは帝国で人気の英雄ですから難しい。しかも皇帝自らが、大々的に発表しましたからね」

街の馬舎に到着して、ふたりはそれぞれ馬に飛び乗った。手綱を引き、馬を走らせる。

「ずっと考えていたんですよね。なぜそんなにも、共和国の要人と結婚させたがっていたのか。もし理由が平和の礎などではなく、逆の目的だったとしたらどうでしょう」

「逆……。戦争を再び起こしたい、ということか」

「はい。ベイジル宰相はジークリンデ様を利用して戦争の火種を熾そうとした。でも邪魔が入ったから、次はクルト皇子を利用することにした。——そもそも、緩衝地ラスカ山地に共和国兵が潜んでいる可能性があるという情報があって我々はここに赴任しましたが、その情報はどこから来たのでしょう」

馬を走らせながら、フンダートが問いかける。バルドメロは前を向いて考える。

「確証はないが、もし、宰相が布石を打つつもりでついた嘘だったとしたら……」

「はい。ラスカ山地でクルト皇子を暗殺したい理由が判明します」

宰相は嘘の情報を流した上で皇妃をそそのかし、救国の聖女と歴戦の英雄という目立つ存在をヴァイザー領に送らせた。そうすることで、ラスカ山地に共和国兵が潜伏しているかもしれないという情報に信憑性を持たせた。

その上で、ラスカ山地にてクルト皇子を殺せば、共和国を糾弾する口実ができる。それを皮切りに、戦争へと誘導することだって可能だ。

「なるほど。もし宰相の目論見通り、ジークリンデが共和国の男と結婚することになっていたら、彼女が共和国入りした後に暗殺する計画を立てていたのかもしれないな」

予想外の出来事が起きる可能性も考えて、宰相はあちこちに布石を打っていた。

全ては、三百年戦争の続きがしたいために。

バルドメロの手綱を握る手に力が篭もる。

許せない。

愛するジークリンデを戦争の道具にしようとしたこと。

許さない。

彼女が何より大切にしていて、ようやく手に入れた平和を壊そうとしていること。視界が赤く染まっていく。頭の中が冷たくなって、温かい感情が消えていった。そして、自分の心には殺意しか残らなくなる。

早く、少しでも早くと、バルドメロは馬を走らせ駈けていった。

ラスカ山地の、原生林が生い茂る森の中――。

ジークリンデはクルトの小さな手を引いて走っていた。

はあはあと息が切れる。ちらりと後ろを振り向くと、木々の向こうから馬の走る音が聞こえてきた。

「義姉上、僕、もう、足が」

休みなく走っていたせいで、クルトの足取りはふらふらになっていた。ジークリンデはクルトを背中に背負うと、全速力で走る。

(この森を抜けたら、ヴァイザー領は目の前だ。衛兵もいたから、私たちに気付くはず)

ジークリンデの足も限界が近づいていたが、泣き言など言っていられない。

(私のせいだ。義母上の私兵だから大丈夫だと油断していた……)

クルトを溺愛するクラウディアの私兵が、よからぬことを考えるわけがないと思っていたのだ。ラスカ山地に行く前、バルドメロが心配していたというのに。

——事の始まりは、ヴァイザー領に面したラスカ山地の森を抜けた頃。最初は平穏そのものだった。クルトは、私兵が手綱を引く馬に乗って楽しそうにあたりを眺め、時に写真機を使って撮影していた。

ジークリンデも馬に乗ってクルトの後ろを歩いていた。少し距離を置いた場所では、二名の私兵がそれぞれ乗馬した状態でクルトを見ていた。そして、ひとりが唐突にボウガンを取り出し……あろうことか、クルトの頭めがけて矢を放ったのだ。

刹那の出来事。しかしジークリンデは瞬時に動いた。

「クルト！」

叫びながら馬の腹を蹴って走らせ、クルトが乗る馬に体当たりさせた。

ドン、とぶつかる音がして、馬が激しく嘶く。ボウガンの矢は的が外れて、虚空に向かって飛んで行く。

「義姉上？」

きょとんとしたクルトの顔。驚いた馬が暴れ出す前に、ジークリンデはクルトの腕を摑んで引っ張り、自分の馬に乗せた。私兵に問い質したかったが、言葉を呑み込む。

今は話し合いの時ではない。あの私兵は間違いなくクルトの頭を狙ったのだ。それなら、まずはクルトを安全な場所に連れていかなければならない。

ジークリンデは手綱を操り、来た道を戻る。しかし森に入る直前で、馬がボウガンに撃たれてしまう。クルトを抱きしめたまま、ジークリンデは転がるように地面に落ちた。そして彼の手を取って走り出した。

――はあ、はあ。

ジークリンデは荒々しい呼吸を繰り返しながら、必死に走った。

「義姉上……」

背中から、心配そうなクルトの声が聞こえてくる。

「大丈夫よ。もうすぐ森から抜けられるからね」

ここに赴任してから、ラスカ山地の警戒は怠らなかった。特に山のふもとに広がる森は兵が身を隠しやすい場所であるため、何度も入って確かめていた。そのおかげか、人の手入れがない原生林であっても帰り道はわかる。

だが、こちらは徒歩で、向こうは馬だ。足の速さは圧倒的に向こうのほうが上である。いっそ藪の中に身を隠してやり過ごそうかと考えたが、すぐにやめた。

相手はクルト皇子に殺意を向けたのだ。その覚悟は相当なものであるはず。無事にやり過ごせる可能性は限りなく低い。むしろ逃げ道を潰した上で見つかる恐れがある。

（とにかく森を出て、国境門にたどり着ければ……！）

出口は近い。ジークリンデは疲労困憊の足に力を入れる。

その時、シュッと風を切る音がした。ジークリンデは本能の赴くまま、その場にしゃがむ。すると、ボウガンの矢が自分たちのすぐ上を飛んで行った。

「………」

ジークリンデは黙ったまま、息を整える。

（ここまでのようね）

覚悟を決めて、ゆっくりとクルトを地面に降ろした。そして大きな木を背にして、自分の後ろにクルトを立たせる。

「自らを盾とするか。噂通り、皇女様とは思えぬ勇敢さをお持ちのようだ。さすが救国の聖女と呼ばれるだけのことはある」

黒い木々の陰から、馬に乗った私兵たちが現れた。追い詰めた余裕か、三人は馬から降りてジークリンデを見つめる。

「あなた方は、クラウディア皇妃に忠誠を誓う騎士ではないのですか。なぜクルト皇子を狙ったのです」

「複雑な事情があるのですよ。ああちなみに、我々は皇妃に忠誠を誓ってなどいません」

ボウガンを持った男が、黙ってジークリンデに狙いを定めた。

「もしかして、戦争を望む推進派に雇われているのですか」

「なるほど、大体の見当はつけていたようですね。まあそういうことです。世の中には平穏を嫌う者もいるんですよ」

ジークリンデが唇を噛むと、男は余裕たっぷりな笑みを見せた。

「無駄かもしれませんが、一応言っておきます。こちらの目的はクルト皇子の命のみ。ですから、そのお身体を退けてくれませんか？」

「愚問ですね。私がクルトを置いて退くなどありえない。それに、たとえそうやって生きながらえたとしても、私は必ず父上に報告します。そうしたらあなたたちは反逆罪で逮捕されるでしょう。それでも私を見逃すというのですか？」

逆に問いかけた。すると男は何が面白いのか、くっくっと笑い出した。

「ご心配どうも。でも大丈夫です。皇帝の、『あの方』に対する信頼は厚い。あなたが何を言おうとも、皇帝は耳を傾けないでしょう」

その言葉を聞いて、ジークリンデは確信する。この件の裏にいるのは、間違いなくベイジル宰相だ。彼くらいしか、マリウス皇帝に意見できる者はいない。

ジークリンデは落胆したようなため息をついた。

「……あなた自身はどうなのですか」

「は？」

「ですから、あなたは再び三百年戦争が始まってもいいと思っているのですか」

ぐっと拳を握った。戦争が終わって一年経っても、未だ鮮明に覚えている。

あの地獄を。たくさんの悲しみと虚しさを。

「知っていますか。人は、あなたが思うほど簡単に死ぬものではありません。首を切断しても、身体が悲鳴を上げるように暴れるのです。腹を撃たれたら、長い間地面をのたうち回ります。そして馬に頭を踏まれて、あたりが真っ赤に染まる。戦争は、そんなことを毎日繰り返すのですよ」

全部、この目で見た。一度も目をそらさなかった。自分が何をやっているのか誰よりも自覚するために、怖くても、嫌でも、胃の中のものを吐いてでも、見た。

二度と繰り返さないと心に誓うために。犠牲になった人の慟哭を忘れないために。

「死ぬ苦しみを味わいたいのですか。それとも、正義の名の下に殺人の免罪符を得て、敵を殺したい？　人を殺した感覚を忘れることができなくて、心を病む人が今でもたくさんいるのに？」

最も凄惨な戦場、最前線で、全てをこの身で経験したジークリンデの迫力に、男は思わず後ずさる。

「………っ」

「平穏を嫌い、戦争を望む者がいる。――ええ、世の中にはそういう人もいるのでしょう。

でもあなたはどうなのですか。仲の良い隣人が戦死しても悲しむことは許されず、『立派に戦った英雄だ』と讃えて喜ばなければならない。そんな時代に戻りたいというのですか!?」

「うるさい！」

男が腰に吊り下げていた剣を振り上げる。

「あんたみたいな皇女がいるせいで、俺たちは割を食うはめになったんだ。やりたくもない汚れ仕事をしなくてはいけなくなったんだ！」

そう言って、男は一歩後ろに下がって手を上げた。

「やれ。皇女も一緒に殺して構わん」

彼の命令と共に、ボウガンを握った男がゆっくりと前に出る。

クルトの盾になるように両手を広げたジークリンデは、静かに問いかけた。

「あなたは、その男の言いなりでいいのですか？」

しかし、剣をぶらさげた男が笑い出す。

「無駄ですよ皇女様。そいつは人を殺すための奴隷です。殺すことしか知らないから、あんたの高尚な言葉なんか通じない」

ジークリンデは目を見開いた。男の目は昏く澱んでいて、この世すべての物事に絶望しているように、荒んでいた。

その目は見たことがある。

最前線で初めてバルドメロと会った時、彼がこんな目をしていたのだ。

「あなたは……」

「だから無駄だと言っているだろう」

男が呆れ顔で言う。昏い目をした彼はボウガンをゆっくり持ち上げた。

「あなたは、何番の名前を持っているの？」

ぴたりと彼の動きが止まる。

「私に教えて。ツヴァイ？　それともドライ？　……数字はフンダートまであるのよね。たくさんあるから、当てられそうにないの」

穏やかに微笑んで言うと、彼の目が驚きで見開いた。

「オレ……が、いた部屋、は、ヌル」

「ヌル、零番ということ？」

「最初はアハトだった。でも、ヌルに移動した。ヌルは役立たずを、処分する部屋」

淡々と話すヌルを見て、ジークリンデは奥歯を噛みしめる。

ツヴァイ、エルフ、フンダート。他にもたくさんいた、数字が名前の者たち。

（やっぱり、帝国には恐ろしい施設が存在していたのね……）

これも、長すぎた戦争が生んだ歪みだったのだろうか。ジークリンデが思うよりもずっと、帝国は後戻りできないところまで来ていたのかもしれない。

「あなたは人を殺すための奴隷じゃない。もし、人を殺すことしか知らないのなら、私がそれ以外のことを教えるわ。そして、自分がどう生きたいか、考えてみて」

「…………」

ヌルは黙った。ジークリンデの言葉を吟味しているのだろうか。しかし僅かな希望を持った瞬間、彼はボウガンを構えてジークリンデの心臓に狙いをつけた。

「ヌル」

「殺さないと、オレは処分される。それにオレは、もういっぱい殺してるし、殺しても心は辛くない。お綺麗な救国の聖女に、オレの心なんかわかるはずがない」

彼がボウガンの引き金に指をかけたその時、ジークリンデは大声で叫んだ。

「私は綺麗なんかじゃないわ！　本当は聖女でも何でもない。ただの人殺しよ！」

ヌルの表情が驚きに変わる。

「確かに私は、戦場で誰かを殺したことはなかった。でも旗振りの役割は、兵に勇気を与えることなの。……そう、人を殺す勇気よ。私はもっともらしく正義を謳って、殺人を扇動していたに過ぎない。そんなのが『聖女』だなんて、笑わせるわ」

ジークリンデは吐き捨てるように言った。皆が自分を讃えてくれる。救国の聖女だと言って、尊敬してくれる。だが一度もその称号を誇らしいと思ったことはなかった。

「夜に命の尊さを教えておきながら、次の日は当然のように命を奪わせた。戦争だから仕方ないって諦めて、目の前の悲惨な殺戮を受け入れた。この手は綺麗なんかじゃないわ。もう拭いきれないほど、血で汚れているの」

バルドメロはジークリンデを守るために、たくさんの人を殺した。

命は大切だと教えながら命を奪わせる。こんな矛盾だらけの偽善者を守る価値なんてない。そう思う自分はいたが、それでも、守られると嬉しかった。今日も生き残れたことに感謝して、死にたくなるほど自分が嫌いになった。

「ヌル、あなたは、ただ殺したいから殺すのではなく、処分されるのが嫌だから、私を殺そうとしているのよね。なら、私のところに来るといいわ。ここには、あなたと同じ場所で育った人が、たくさんいるのよ」

「え……本当か？」

ヌルがボウガンを下げる。

「本当よ。そして皆、それぞれできることを見つけたり、学んだりして、生活しているの」

彼の澱んだ瞳に、初めて光が灯る。戸惑いながらもゆっくりした足取りで、ジークリンデの傍に近づいていく。

「所詮は廃棄寸前の屑か。お前はもう用済みだな」

冷徹な声がした。ヌルの後ろから、男が剣を突き出す。

「やめなさい！」

ジークリンデは力尽くでヌルの身体を押しのけた。鋭い剣先は、勢いよくジークリンデの脇腹に向かっていく。

「うっ……」

痛みに顔が歪む。ジークリンデはその場に膝をつき、倒れ込んだ。

草むらに、赤い血が染み渡る。

「義姉上ー！」

「おまえ、オレを……庇った……？」

泣き出したクルトと、唖然としたヌル。そして――。

「ジークリンデ……？」

無表情で名を呼ぶ、バルドメロ。全速力で来たのだろう。長い黒髪は乱れていた。焦っていたのか、整った相貌は汗で濡れている。

彼は音もなく馬から降りた。さくさくと草むらを踏みつけて、ジークリンデの傍に行く。

――脇腹あたりから、地面に広がる、鮮やかな赤。

彼がそれを見た瞬間、空気が変わった。張り詰めたように冷たく、この場にいる者全員が震えるような恐れ。

「誰がやった？」

感情の篭らない、バルドメロの声。その言葉に誰かが応える間もなく、彼は動いた。

少し離れた場所で、事の経緯を見ていた馬上の男。バルドメロは男のところまで一気に跳躍すると、腰に携えていた剣を鞘から引き出し、横に抜き放った。

「わあぁっ！」

腹を切断されそうになって、男は馬から転げ落ちる。バルドメロはすぐさま男の首元に剣をぴたりと当てた。

「お前か？」

「俺じゃない俺じゃない俺じゃない！」

壊れたように同じ言葉を繰り返す。バルドメロは「煩い」と言い捨てて、男の頭を蹴った。気絶したのか、彼はそのまま動かなくなる。

そしてぐるりと、バルドメロは振り返った。

「ひ」

剣を携えた男が後ずさる。その剣先からは、赤い血が滴っていた。

「お前か」

「ちが、違う！　俺はそんなつもりなかった。そこの塵（ごみ）を殺すつもりで！」

「塵――」

バルドメロがちらりとヌルに目を向ける。そして重いため息をついた。

「ああ、わかった」

言うなり、バルドメロは目にも止まらぬ速さでぶん、と剣を振り、男が手に持っていた剣をたたき落とす。

「痛っ……！」

「ジークリンデの血がついた剣をいつまで持っている気だ。放せ」

バルドメロはその顔を殴った。男は勢いがついたように半回転して地面に倒れ込んだ。

そして這いつくばって逃げようとする手を踏みつけ、剣を掲げる。

「楽には殺さない。苦しんで死ね。まずは腕からだ」

いたぶり殺そうとするバルドメロの目には感情がない。

笑いもしない。

ただ殺意だけをみなぎらせて、男の腕を切断せんと剣を振り下ろした。

「ジークリンデを切った感触を残す腕など、ばらばらに刻んでやる」

「おねが、や、め……っ」

「駄目よ、バルドメロ！」

懇願する男の声よりも強く、ジークリンデの声が響いた。びくっとバルドメロの身体が震える。

「剣を振るうのをやめて。私は大丈夫よ」

ジークリンデは後ろからバルドメロを抱きしめた。その両手は血で濡れている。

「ほら、見て。お腹には当たってないわ。咄嗟に剣を摑んだの。だから両手は怪我をしたけれど、私はこのとおり、元気だから」

正直に言うと、あまりの痛さに気が遠くなっていたのだが、バルドメロの声が聞こえて必死に意識を掻き集めていた。

「お願いバルドメロ。私のために——もう、他人を傷つけないで」

それは心からの言葉だった。

ジークリンデを守るために殺したり殺されたりするのは、二度と見たくない。

バルドメロの手から、カランと剣が滑り落ちた。

「ジークリンデ……」

バルドメロは壊れ物を扱うように、ジークリンデの傷ついた手を両手で包み込む。

そして唇に当てて、固く瞳を閉じた。

「良かった、生きていてくれて。……本当に、良かった」

「ええ、バルドメロ。助けに来てくれてありがとう」

遠くから、馬の走る音が近づいてきた。

「……さあ、ヴァイザー領に帰りましょう」

ジークリンデが視線を上げると、フンダートが団員を引き連れて、近づいてきている。私兵は彼らに連行される形となり、ようやくヴァイザー領に戻ることができた。

両手に怪我を負ったジークリンデは、バルドメロに抱きかかえられる形で寄宿舎の離れに戻り、まるで壊れ物を扱うようにそっと寝台に座らされた。

すると、すぐにエルフが救急箱やポットを持って入ってくる。

彼女は手慣れた様子でテキパキと手当てをしながら、はあと困った顔でため息をついた。

「わりとザックリ切れてますから、傷が塞がるまでは重い物を持っちゃだめですよ。止血剤の湿布は毎日取り替えますから、勝手に剝がさないでくださいね。あと、痛み止めを置いておきますから、煎じて飲んでください」

「はい」

「本当に無事で良かったです。でも、あんまり無茶なことをしないでくださいね。そうじゃないと……」

ジークリンデの手を両手で包んで、エルフがちらりと横を見る。

「次はバルドメロがぶっ倒れるかもしれません。彼の健康のためにも、怪我は極力避けてくださいね」

「えっ」

思わず横を向くと、バルドメロはジークリンデの両手を見つめたまま、青ざめていた。

明らかに顔色が悪い。青色を通り越して土気色ですらある。

エルフは「ふふっ」と笑うと、救急箱を持って立ち上がった。

「私は、例の私兵の取り調べに参加してきますね。フンダートさんから、温かいお茶を淹れてきてほしいとお願いされているんです」

「温かいお茶ですか？」

「ええ。あの私兵たちはすでに痛い目に遭っていますからね。それなら次に打つべき手段は更なる制裁ではなく懐柔——。温かいお茶とお菓子でおもてなししてあげるんです」

「な、なるほど」

「じゃあバルドメロ、痛み止めが効くまで、ジークリンデ様のことは任せたよ」

「……ああ」

バルドメロがこくりと頷く。だが彼の視線がエルフに向かうことはなかった。彼はただ一心にジークリンデの両手を見ているのだ。

パタンと扉が閉じる。

「ええっと、痛み止めの薬ってこれよね？」

ジークリンデは寝台近くの台に置かれたポットと薬を持ち上げようとした。

「駄目です、ジークリンデ！　そういうのは俺がしますから」

すぐさまバルドメロに制止される。彼は茶器に薬を入れると、ポットから湯を注いだ。

「傷が治るまで、手は使わないでください」

「いえ、でも……使わないわけにはいかないでしょう？　食事とか……」

「俺が食べさせます」

「湯浴みとか……」

「俺が綺麗に洗います！」

バルドメロの目は真剣である。本当に心の底からジークリンデの傷を心配しているのだ。

ジークリンデが薬を飲むのを見届けると、彼は包帯に巻かれた両手をそっと包み、自分の額に当てた。

「傷ひとつ許せない。跡ひとつつけたくない。あなたは綺麗なままでいてほしいんです。そのためなら、俺は何でもします」

「バルドメロ……」

どうして？

どうしてそこまで、ジークリンデの身を案じるのか。しかもその気持ちは、ただの心配から来る感情ではなく、もっと根深いところに原因があるような気がした。

「私は綺麗なんかじゃないわ」

あの森の中で、ヌルに言い放った言葉を思い出す。……そう、自分は綺麗でも何でもないのだ。むしろ穢れている。

ジークリンデはバルドメロの両手を解き、自分の手を広げた。

「ほら見て、すでに傷跡が数え切れないほどついているのよ。バルドメロほどじゃないけれど、あの最前線を経験した者が傷を負わないなんてことはないわ」

「違います。そうじゃないんです」

バルドメロがゆっくりと首を横に振る。

「……もう傷を増やしたくない。だって俺たちは……いや、俺は、あなたを守ることで救われているんですから」

彼は目を伏せて、まるで懺悔するように呟く。

「どういう意味なの？」

ジークリンデが首を傾げると、バルドメロはゆっくりと顔を上げる。

「勝手な自己満足です。あんな地獄のような戦場でも、あなたは美しかった。その高潔な心が地に堕ちることはなく、聖女のように清らかであり続けた。……いつしか俺は、あなたを守ることに救いを感じていたんです。こんな俺でも、あなたを守っていいのだと」

そっと頬に触れてくる。その指は硬く、ごつごつしていて、乾いていた。

「俺の汚い手が綺麗なあなたに触れられる。それがどんなに嬉しくて幸せなことか、どれだけ救われているのか、きっとわからないでしょう。でも、それでいいんです」

唇を重ねた。薄く、そして柔らかいバルドメロの唇が優しくジークリンデの唇を擦る。

「ジークリンデは知らなくていい。知ってほしくない。ただ生きて、笑って、俺の傍にいてほしい。これが俺の幸せなんです。だからお願いです。どうか無茶なことはしないでください。あなたがいなくなったら……俺は」

衝動に駆られたように、バルドメロが抱きしめてきた。

「どうしたらいいか、わからなくなる」

「バルドメロ……」

包帯だらけの手で、彼の肩に触れる。

(あなたが汚いと言うのなら、私だってそうなのに)

でも、それは口にできなかった。言いたくて仕方なかったけれど、ぐっと言葉を呑み込んだ。

バルドメロはジークリンデに共感してほしいわけではない。ただ救われたいのだ。

エルフにフンダート、恐らくヌルもそう。

ジークリンデに同じ立場になってほしいのではない。

ただ傍にいてほしい。それでどう救われているのかに繋がるのかはわからないけれど、きっとバルドメロをはじめとした彼らにとって、ジークリンデは幸せの象徴なのだ。

それを守り、傷つけさせないことで、幸せを実感する。すべては憶測に過ぎないが、当たらずとも遠からずといったところかもしれない、とジークリンデは思った。

(それなら、私にできることはひとつだけだわ)

痛む両手で、バルドメロの頬に触れる。そして軽く口づけをした。

「ごめんなさい、バルドメロ」

「ジークリンデ」

「あの時は無我夢中だったけど、軽率な行動だったわ。私には、こんなにも私を想ってくれる人がいるのに……」

額を彼の胸元に当てる。とくとくと、優しい心臓の鼓動が聞こえてきた。

「もしバルドメロが私のような行動を取って怪我をしたら、きっと私は怒っていた。そしてとても悲しんだはずだわ。……自分がされて嫌なことをしてはいけない。子どもでも知っている当然のことよね」

「……っ、そう、その通りですよ。ジークリンデ」

バルドメロが力強くジークリンデを抱きしめる。

「もう二度と、俺を悲しませないでください」

深く口づける。離れがたいと言うかのように、何度も角度を変えて唇を重ね続ける。

「ん、ん……っ、バルドメロ」

「はあ、ジークリンデ。こんなにも俺は……あなたを……」

ゆっくりと寝台に寝かされる。ジークリンデの怪我を気遣うように腰を抱いた。

「両手は使わないで。ジークリンデはただ、俺に愛されてください」

頬に触れ、軽く顎を摘まみ、口づけをする。

「そんな、バルドメロ。私だって抱きしめたり、あなたに触れたりしたいのに」

「それは怪我が治ってからにしてください」

子どもに言い聞かせるように、バルドメロは真面目な顔をして人差し指を立てる。ジークリンデはむぅと不満げな顔をした。

「そ、それなら、今は……その、しなくてもいいのでは……？」

「俺の気が済まないんです。……今は確かめさせてください」

するりと衣服が脱がされる。下着まで取り払われ、ジークリンデの顔はたちまち真っ赤になってしまった。

「確かめるって、な、何を？　まだ日が昇っているうちに脱がされるのは……やっぱり、恥ずかしいのだけど」

「あなたが生きているということを確かめるんです。今すぐに、この身体で実感したい」

バルドメロは真剣な顔をしていた。

――今この瞬間、間違いなくジークリンデは生きているのに。それでも尚、バルドメロは生命を確かめたいと口にする。

どうしてと思いかけて、ようやくジークリンデは気が付いた。

バルドメロが今にも泣きそうな顔をして、辛そうに顔をしかめていることを。

(そうか……理屈じゃないんだわ)

ジークリンデは静かにバルドメロを見つめる。

(ただバルドメロは怖くて仕方ない。だから、その身で確かめたいのね)

生きているか死んでいるかなんて一目瞭然である。でも、バルドメロはあまりに人の死を見すぎてしまった。戦場では、死はすぐ傍に存在していて、日常そのものだったから。

大切にしている人ほど怖くなる。命を奪う実感をたくさん経験してきたがゆえに、死を想像するのもたやすくなってしまう。

だから確かめたい。生きているって実感したい。そうしてやっと彼は心から安心できるのだろう。

「……わかったわ」

ジークリンデは観念して頷いた。そこまで自分を求めているのなら、こちらは応えるしかない。

「でも、ひとつだけお願いがあるの。——あなたも脱いで」

「え？」

バルドメロがキョトンとした表情をする。

「え、じゃないでしょう。私だけ裸だなんて不公平じゃない？」

「あ、それはそうですね」

ようやく気付いた様子で、バルドメロは服を脱ぎ始めた。外套を外して、上着を脱いで、チョッキも脱いで、シャツのボタンをぷちぷち外す。

脱ぐ服が多くて若干苛ついているようにも見えるバルドメロに、ジークリンデは思わず笑ってしまった。

「何がおかしいんですか？」

ようやく全てを脱ぎ終わったバルドメロが少し拗ねた顔をして訊ねた。

「いいえ、改めて見ると、騎士服って面倒な衣装ねって思ったの。脱ぎ着の面倒さは、ドレスとあまり変わらないわね」

「確かにそうですね。この服を窮屈だと思うことは多々あります」

ふ、とバルドメロが微笑んだ。

「でも、そんな煩わしさも、あなたの傍にいるためだと思えば些細なことです」

「考えてみれば私、バルドメロの普段着って見たことがないわ。だって休みの日も騎士服を着ているでしょう？」

戦場では兵士服を着ていたし、今は騎士服で、彼のラフな姿を見たことがない。

「あまり服に興味がないんです。制服は戦場であっても公式な場であっても、どこにでも着ていけるので楽ですし」

「そ、そういう考え方は駄目よ」

ジークリンデは慌てて身体を上げた。

「バルドメロはもっと人生を楽しむべきだわ」

「……充分、楽しんでいますよ。ジークリンデが傍にいるだけで俺は」

「違う！　そういうことじゃなくて」

びし、とジークリンデはバルドメロを指さした。

「もっと自分のことで楽しんでほしいの。趣味を作ったり、休みの日は遊びに行ったり……。私以外で楽しみを見つけてほしいのよ」

バルドメロは口を開けばジークリンデのことばかりだ。大切にしてくれているのも、愛してくれているのも充分すぎるほど伝わっているから嬉しくはあるけれど。

自分のために時間を使ってほしいと思ってしまう。

「ジークリンデ以外の楽しみなんて、見つかる気がしません」

断言されてしまい、ジークリンデはたちまちしゅんとする。

「でも私は……」

伏し目がちに、不満げな口調で文句を言ってしまった。

「騎士服じゃないバルドメロを見てみたいわ。きっと何を着ても素敵だと思うもの」

裸体になったバルドメロは精悍の一言である。

身体のあちこちに大きな傷跡が残っているが、それすら彼の魅力として一役買っていると言える。

美しい顔立ちに、この立派な身体つき。帝都の女性が夢中になるのも頷ける。

「それならジークリンデ。一緒に俺の服を選んで下さい」

「……え？」

「俺は本当に自分のことに興味が湧かなくて……。だけど、あなたが選んだ服ならどんな服でも喜んで着ますし、間違いなく似合うと思いますから」

「う。わかったわ」

本当は自分で選んでほしかったけれど、そこまで言うなら仕方がない。

バルドメロは嬉しそうに笑って「約束ですよ」と囁いた。

「ああ——温かい」

ぎゅっと抱きしめられて、ジークリンデはその心地よさにうっとりして瞳を閉じる。

「ええ。温かい……。裸で抱きしめ合うのって、気持ちがいいわね」

「俺以外としたらだめですよ」

「するわけないでしょう。まったく嫉妬深いんだから」

じろりと睨むとバルドメロは素直に「すみません」と謝った。

「疑ってるわけではないんですよ。ただ、どうしても念押ししたくなるんです」

「あなたの心配性は一生治りそうにないわね」

「はい。だから一生かけて俺を安心させてくださいね」

ふふ、とバルドメロは琥珀色の瞳を細めて微笑んだ。

「世話が焼けるんだから」

「面倒臭い男でしょう。でも絶対離れませんから」

「わかってる。……大丈夫よ。私だって離れる気はないわ。愛しているもの」

こういう時、両手を怪我しているのがもどかしい。

「本当なら抱きしめたいのだけど、できないわ。怪我なんてするものじゃないわね」

「ええ、充分懲りてくださいね」

そう言って、バルドメロはジークリンデの耳元に口づけをした。思わずぴくっと肩が震えてしまう。

そのまま彼は生温かい舌で、首筋をつうっとなぞる。くすぐったい感覚にも似た快感が押し寄せて、ジークリンデは熱のある吐息をついた。

「や、っ、もう。手が……使えない……とっ」

「じれったいですか？　可愛いですね」

くすくすと笑って、バルドメロは首元に口づけを落とした。ジークリンデを抱きしめていた両手をほどき、腰からゆっくりと上に向かって撫でられる。

「は、あ……っ」

　ぞくぞくした感覚に、ジークリンデの身が柔らかに震える。彼の両手が乳房を摑み、やわやわと揉みしだく。

「薬、効いてきたんじゃないですか？」

「……え、あ……」

　気付けば、傷の痛みがだいぶ薄れていた。

「気持ちよくて……傷どころじゃなかった……」

「それは光栄ですね」

　ふふ、と笑って、バルドメロは両手で乳首を甘く抓った。

「あぁっ」

「もっと気持ち良くなってください」

　刺激を与えられたジークリンデの乳首はぷっくりと勃ち上がる。バルドメロはそれを中指と親指で挟んで擦りながら、もう片方の乳首に吸い付いた。

「はっ、……あっ！」

　痺れるような快感に、ジークリンデの身体が跳ねる。

　両手が使えないと、抗おうにも抗えない。いや、本当に抗いたいわけではないのだが

『何もできない』というのは快感が否応なく高まってしまうのだ。

「あ、バルドメロぉ……っ」

腰をくねらせ、ジークリンデはいやいやと首を横に振った。

だが、そんな甘い声で抗議をしたところで、バルドメロの愛撫が止まるはずがない。むしろ衝動に突き動かされたみたいに、彼はジークリンデの乳首を指ではじいた。

「あっ……ン！」

そしてもう片方の乳首は舌で嬲り、蕩けさせるようにねっとりと舐め続ける。

（そ、そんなふうに舐められてしまったら……っ）

ジークリンデは快感のあまり涙目になりながら、恥ずかしくなって目を伏せる。

じわりと下肢が濡れているのを感じたのだ。

バルドメロの愛撫に身体が反応して、秘所から蜜が零れ出ている。

もじもじと内腿を擦り合わせてごまかしていたら、バルドメロが目聡く気付いた。

「…………」

「バ、バルドメロ？」

恐る恐る尋ねると、彼は無表情で身体を起こし、ジークリンデの膝を掴んで力尽くで開いた。

「きゃあっ」

思わず悲鳴を上げてしまう。しかしバルドメロはひとつも動揺することなく、じっとジークリンデの秘所を見つめていた。

「もう、こんなに濡れているのですか？」

「うぅ……」

恥ずかしさのあまり、ジークリンデの顔は火を噴くように熱くなってしまった。

「まだ口づけをして、少し胸を愛撫しただけですよ？」

「だって……」

まるで悪いことをしてしまったみたい。ジークリンデは眉を下げて、ぼそぼそと言い訳する。

「ただでさえ、最初の頃よりもずっと感覚が敏感になっているのに、両手が使えないと余計に感じてしまうんだもの」

濡れているところを見せたくなくて、ジークリンデは脚を閉じようとした。しかしバルドメロに力で敵うはずがない。

彼はまるで愛しいものを見つけたかのように、うっとりした表情で笑みを浮かべた。

「そうですか。……最初の頃よりも、ね。それって、もしかして」

ちらり、と挑発するような目でジークリンデを見る。

「俺の愛撫に身体が慣れてきている……ということですか？」

「そ、そうかもしれないわ。普段だって、少し触られただけで……私、過剰にどきどきしてしまうの」

申し訳なさそうに言うと、バルドメロはとても幸せそうな顔をした。

「嬉しい。すっかり身体が覚えてしまったんですね。俺が触れただけで、あなたは想像してしまうんだ。……俺と、こういうやりとりをしている時間を」

「う……」

改めて言葉で言われると、とても恥ずかしい。

(よく考えてみたら、なんてはしたないのかしら、私)

元皇女がこのように淫らに感じて良いものなのだろうか。唐突に不安になってしまう。だが、バルドメロがジークリンデの腰を持ち上げ、身を屈めて秘所を舐め始めた瞬間、あっという間に余計な思考が霧散してしまった。

「あぁぁっ！」

「こういうふうにされたくて、濡らしているんでしょう？」

「ン……っ、ま、間違ってない……けれどっ」

甘い声で啼きながら、ジークリンデは困った顔をした。

「もっと濡れてください。俺の愛撫をもっと感じてください」

舌を突き出し、割れ目をなぞるように舐める。舌先で硬くなった秘芽をつつく。

「気持ちいい？　ジークリンデ」

蜜口に舌をねじこんで、ちゅるちゅると抜き差しされた。

「ひ、あ！　んっ、ぁ……きもち……い……っ」

びくびくと身体を震わせて、ジークリンデは泣きそうな顔で言葉を口にする。

「……本当に可愛くて、素直で、たまらないですね」

ぐ、と何かに耐えるような表情をして、バルドメロは琥珀色の瞳を細める。

「ジークリンデ。もう、俺は我慢ができません」

「え……」

「本当はもっとじっくりと愛撫に専念したかったのですが、これ以上我慢すると、狂ってしまいそうなので」

快感の波に浚われ、呆けた顔をしているジークリンデを、バルドメロが愛おしそうに見つめる。そしてゆっくりと身を起こすと、少しだけ申し訳なさそうに微笑んだ。

「……すみません。ちょっと乱暴にしてしまうかも、しれません」

「バルドメロ？　……ん、ああぁあっ！」

疑問の声を上げたのもつかの間、バルドメロはジークリンデの上に覆い被さり、硬く勃ち上がるそれを蜜口にずぷりと挿し込んだ。

「は、あ……っ、ん……っ！」

ジークリンデの視界にちかちかと星が瞬き、無視できない感覚に身体が戦慄いた。

雄々しい彼の杭は問答無用で隘路を抉り、最奥に向かって突き進む。

逞ましく、岩のように硬い。だが無機質ではなく、艶めかしく脈打つ感覚。

「は、……はっ、バルドメロぉ……」

切ない顔をして、ジークリンデは彼の名を呼んだ。

「お願い、私を抱きしめて」

「……喜んで」

バルドメロは慈しむように微笑み、ジークリンデを抱きしめた。その瞬間、愛しいという気持ちが心の中を駆け巡り、きゅんと下腹が疼く。

「ジークリンデ。俺が抱きしめたら締め付けが強くなりましたよ？」

身体を少し離して、バルドメロが訊ねる。

「ん、だって……好きなんだもの」

仕方ないじゃないと言わんばかりに、ジークリンデは困った顔をした。

「幸せだから、感じてしまうの。バルドメロに抱かれると嬉しいから、身体が反応してしまうの」

「………っ」

バルドメロが下唇を噛んで俯いた。何かに耐えるような、苦しそうな表情だ。

不安になったジークリンデが首を傾げると、彼は「はあ」と重いため息をついた。

「まったく、あなたという人は。時々とんでもないことを口にしますよね」

「ど、どういう意味？」

「さっき乱暴にしてしまうかもと言ったのに、恐れずそんなことが言えるのですから。さすがというか何というか」

先ほどの辛そうな顔はどこへやら、バルドメロは実に楽しそうな顔をして笑った。

「そんなふうに、身体全体を使って俺を愛していると訴えられたら――止まらなくなってしまうじゃないですか」

バルドメロはジークリンデを抱きしめたまま、ずんと腰を打ち付けた。

「ああぁっ！」

杭の先端が最奥を突く。びくんとジークリンデの身体が跳ねた。

「俺も愛していますよ、ジークリンデ」

甘く囁き、耳を舐め回して耳朶を食む。

「は、はぁ、あっ！」

「俺のこれで、あなたの大切なところを抜き差しされると気持ちがいいんですよね？」

彼は腰を引き、杭をぎりぎりまで抜いてから再び隘路を擦り、最奥に穿つ。

「あ、ン……っ！　そ、気持ち……いいの……っ！」

こんなにも抱きしめたいのに、抱きしめられない。泣きそうな顔をしていると、バルドメロはきつくジークリンデの身体を抱きしめた。

「大丈夫ですよ、ジークリンデ。心配しなくても、もっともっと愛してあげます」

何度も抽挿され、そのたびに蜜が零れ出て、彼が腰を動かすたびにぬちゃぬちゃと淫らな水音が部屋に響いた。

「あっ、ああっ、バルドメロ……っ！」

びくびくと身体を震わせて、快感の海に浸る。

「ふふ、ジークリンデ。あなたの最奥を突くと、先端に吸い付いてきますよ。嬉しそうに締め付けてきて……。本当に正直な身体なんですね」

「は、あ……っ、そう、なの。愛している……から、バルドメロとこうするの、好きなの！」

口づけをねだるように唇を近づける。ジークリンデの思いをくみ取り、バルドメロは深く唇を重ねた。そのまま舌をまぐわせ、歯列を舐め、唾液が零れるほどに絡め合う。

下肢の抽挿は激しさを増すばかりで、ジークリンデの身体はがくがくと揺さぶられた。

彼の杭が最奥を突くたび、きゅんと下腹が切なくなる。子宮が彼のものを欲するようにきゅっと吸い付いているのが、自分でもわかる。

「口づけも好きですが、ここも好きなんでしょう？」

獰猛に微笑んだバルドメロの琥珀色の瞳が光る。

そして露骨に赤い舌を出し、乳首をねっとりと舐めた。

「あぁああっ！」

「ここを愛撫しながら、抽挿してあげますね」

じゅくじゅくと乳首を吸って、口の中で飴玉を転がすように舐め回されながら、激しく抽挿を続ける。まるで身体中を愛撫されているような感覚に、ジークリンデはいやいやと首を横に振った。

「だめ、そんなふうにされたら……っ！」

「こういう時の、ジークリンデの『だめ』は、もっとしてほしい……ですよね？」

違う、とも言えない。だがその通りとも言いづらくて、ジークリンデは顔を真っ赤にして潤んだ瞳でバルドメロを見つめる。

彼はうっとりとジークリンデを見つめて、恍惚のため息をついた。

「なんて蕩けた顔。可愛いですよ。……俺の、俺だけのジークリンデ」

じゅく、と乳首を強く吸いながら、一層力強く杭を最奥に穿った。その瞬間、ジークリンデの頭の中がまっしろに爆ぜる。

「あぁああっ！」

顎がのけぞり、背中が弓なりになった。

「達した時の顔も本当に綺麗だ。あなたは達した時でさえ、品性を失わない。そういうところが、たまらなく愛しいですよ」

バルドメロは恍惚の目でジークリンデを見つめ、優しく頬を撫でる。

「あなたに会えて……好きになれて、よかった」

「バルドメロ……」

達したばかりのジークリンデは、肩を上下させながら、脱力した目で彼を見上げる。

「私もよ、バルドメロ。出会った場所は地獄だったけれど、あなたに会えてよかった。……あなたがいたから私は……」

ふ、と目を和ませ、微笑む。

「強くなれた。人として成長できた。だから、ありがとう……バルドメロ」

ゆっくりと手を動かして、愛しい夫の頬を撫でる。

「生まれてきてくれて、ありがとう」

「…………っ！」

その言葉は、彼にとってどういう意味を持っていたのか。バルドメロは一瞬泣きそうな顔をして、ぐっと堪えるように唇を噛みしめる。

「俺も、ですよ。あなたが生を受けたことが、俺にとっての福音です」

呟くようにそう言うと、彼はジークリンデを抱きしめ、腕に力を込める。

「そして、その喜びは未来でも分かち合いたい」

ジークリンデはバルドメロの言葉に目を見開いた。

「あなたの中に、命を宿らせたい。俺の血を分けた生命を」

「バルドメロ……ええ！」

ジークリンデは手の傷を庇いながら、ゆっくりと彼を抱きしめた。

「私も……あなたとの命を、宿らせて欲しいわ」

「ええ。何度でも」

ふ、とバルドメロは目を細めた。ジークリンデを抱きしめながら再び抽挿を始める。

彼の杭は時間をかけても衰えることはなく、むしろどんどん逞しさが増している。

太く、硬い杭が隘路を抉るたび、ジークリンデは甘い快感に喘いだ。

「何度でも……あなたの子宮に注いであげますよ」

うわごとのように呟く。激しい抽挿に肌と肌がぶつかって、はじける音を立てた。

「だからジークリンデ。俺の子種をちゃんと全部呑み込んでくださいね」

「んっ、うん……っ！」

こくこくと頷いた。くす、とバルドメロが小さく笑う。

「まあ、これまでもずっと、あなたの子宮に注いできたんです。もう宿っていてもおかしくないですけどね」

そう言うと、バルドメロは口を閉じた。己の快感を優先するように、腰を激しく打ち付けてくる。

何度も隘路を抉り、または引き抜かれ、そして最奥に向かって杭を穿つ。

子宮口をぐりぐりと擦る感覚に、ジークリンデは甘い悲鳴を上げた。

「バルドメロ、バルドメロ……っ！」

愛しい人の名を呼び、彼の動きに合わせて乳房が上下に揺れる。

この上ない幸福感。好きな人と繋がるというのは、ここまで幸せな気持ちになれるのか。

汗を飛び散らせて抽挿されるたび、自分は愛されているのだという自覚が強まる。

だからこの人を守りたいと思う。

戦場では恐ろしいほどに強いけれど、人一倍寂しがり屋で心配性な、愛する夫——バルドメロを。

「ジークリンデ……っ！」

最奥に、ぐぐっと杭の先端が嵌まる。子宮の中に、子種が勢いよく迸る。

(ああ……)

恍惚の表情で、ジークリンデは吐精される感覚を味わった。どくどくと腹の下が熱くなる感じは、恥ずかしくも嬉しくてたまらない。

「バルドメロ、愛しているわ……」

一生添い遂げたいと思うからこそ、恒久的な平和が保たれますようにと願わずにはいられなかった。

残りの人生を、幸せで満たせますように。

みんなが幸せになりますように。

まるで神に祈るような気持ちを持ちながら、ジークリンデはバルドメロに微笑んだ。

汗で頬を濡らしたバルドメロは優しく目を細め、繋がったまま強く抱きしめる。

「俺も愛していますよ、ジークリンデ。だからあなたが大切にしているものをすべて、俺が守ります」

「……奇遇ね、私も同じようなことを思ってた。あなたが私のすべてを守ってくれるのなら、私はあなたの心を守るわ。……バルドメロはとても心配性だから」

くすっと笑うと、バルドメロも屈託のない笑顔を見せた。

「ええ、そこは全力で守ってくださいね」

笑顔を見せつつも、妙に真剣な雰囲気で言うものだから、ジークリンデはおかしくなって笑ってしまうのだった。

寄宿舎の物置では、私兵がすっかり大人しくなっていた。

ジークリンデが改めて話を聞いたところ――。

首謀者はやはりベイジル宰相だった。彼から密書を受け取ったのは、帝都近郊に居を構える伯爵子息。先ほどバルドメロに殺されかけた男だった。

貴族は基本的に激戦区には行きたがらない。比較的安全な帝国優勢の戦地でちまちまと功績を稼ぐか、お抱えの領兵を戦地に送るなどして、帝国に貢献したつもりになっていた。

長すぎる戦争の時代は、貴族の倫理を麻痺させてしまい、彼らは平民の戦死に何も感じることがなかった。むしろ平民は死んでこそ誉れであり、貴族の命は平民よりも尊く、守られるべきという考えに染まっていた。

だが、三百年戦争が終結して、貴族の立場は一気に弱まってしまう。

保身にかまけて他人に犠牲を強いる貴族など、誰も評価しない。民衆は彼らの命令を聞かなくなった。

だが、逆に皇族の立場はとても強くなった。ジークリンデが皇女でありながら激戦区で果敢に旗振り役をしていたことや、彼女がきっかけで終戦に至ったことなどの功績が、民衆に評価されたからだ。

帝国民は、皇帝が中枢を担う帝国政府が治める帝都や、先の戦いで評判を得た貴族の領地に移住していき、民をないがしろにしていた貴族の領地は廃れていった。

……クルト皇子を狙った伯爵子息の領地も、領民から徴収する納税額が目に見えて減っていた。このままでは領地管理もままならなくなる。それほどに追い詰められていた時、ベイジル宰相が彼の父親である伯爵に提案したのだ。

——三百年戦争を再開させればいい、と。

戦争が始まれば、戦場で功績を上げるだけで国から多額の報奨金がもらえる。領地を安全に守れば、危険地帯から民が避難しに来る。その民を兵士にして戦地に送り出し、更なる功績を上げたら、家柄の名声はもっと上がる。

戦に必要な物資は、こちらですべて準備しよう。

伯爵は宰相の提案に飛びつき、息子を貸し出した。そして宰相は彼に指令を下したのだ。

——クルト皇子を殺せ、と。

アルノルトも交えて男の釈明を聞いたあと、フンダートは少し考える様子を見せて「少し席を外してもらえませんか？」と、ジークリンデに言った。

フンダートとバルドメロ、そしてアルノルトの三人を残して、ジークリンデは部屋を出る。

「あれっ、あの私兵、もう全部話しちゃったんですか？」

廊下の向こうから、エルフがやってきた。

「ええ。まだ話すことがあるみたいだけど、私には外してほしいってフンダートに言われたの。仲間はずれにされたみたいで複雑だけど、私がいると話しにくいことがあるのかもしれないわね」

「う〜ん。多分ですが、フンダートお得意の説得が始まるんだと思いますよ」

「説得……？」

ジークリンデが首を傾げると、エルフは「ええ」と頷く。

「司法取り引きって言うそうですが、皇帝に洗いざらい白状することで、罪を軽くしてもらう方法があるんです。今回は何といっても、クルト皇子の暗殺未遂ですから大事件です。だから、皇帝と取り引きするよう説得してるんじゃないですかね」

「な、なるほど。でもそれなら、私が同席していてもいいんじゃない？」

「フンダートはジークリンデ様に嫌われたくないんですよ」

「はあ……」

不可解な顔をしつつも、ジークリンデは頷いた。どう説得しようと自分がフンダートを嫌うはずがないのだが。

「それよりも、ジークリンデ様！」

エルフはぱっとジークリンデの手首を摑み上げた。

「きゃ！」

「何ですか、この雑な包帯の巻き方は。治った時に跡が残りますよ」

ちょっと怒った様子でエルフが言う。ジークリンデの両手は、包帯でぐるぐる巻きになっていた。

「これはその、エルフが巻いてくれた包帯がほどけてしまって……、バルドメロが巻きなおしてくれたの。自分はこうやって治しますって言っていたわ」

彼と激しく愛し合ったためか、いつの間にか包帯がほどけていたのだ。バルドメロはいち早く気づくと、慌てながらも丁寧に、一生懸命巻いてくれた。

しかしエルフは「あの無駄に頑丈男はっ！」と言って怒り出す。

「やわで繊細なジークリンデ様のお肌を自分のと一緒にするなっていうの！」

エルフはジークリンデの腕を引いて廊下を歩き始めた。

「フンダートから切り傷に効く軟膏を分けてもらっているので、しっかり塗って、止血剤の湿布も貼り直して、包帯を巻きましょう」

「ありがとう、エルフ」

何だかんだと世話を焼いてくれる彼女が嬉しくて、ジークリンデは笑った。

「……こちらこそ、ですよ」

ぼそっとエルフが呟く。

「え？」

「ちゃんとバルドメロを止めてくれたんでしょう」

「……ええ。でも、元々は私が悪かったわ。避け方が下手で、怪我をしてしまったから」

「それは仕方ないですよ。それよりジークリンデ様がご自分の命を守ってくれてよかったです。もしあなたに何かあったら、バルドメロはもちろん、フンダートも私も他の団員も、止まらなくなっていたと思いますから」

えへっと笑われて、ジークリンデは冷や汗をかいた。

「本当に気を付けてくださいね。絶対殺されたらだめですよ？」

「そ、そうね。気を付けるわ」

ジークリンデはこくこくと頷いた。森でのバルドメロはとても怖かったが、一歩間違えていたら、フンダートやエルフたちもあんなふうになっていたのだろうか。

「……命は大事にしないとね」

「その通りです！」

これからは、うかつな行動を慎もう……と、ジークリンデは思った。

第七章　帰還と和解

クルトがヴァイザー領を訪れて、七日過ぎた頃。辺境守騎士団はようやく雑多な手続きを片付けて、クルトを帝都に送る手筈が整った。

暗殺未遂事件の後処理がとにかく大変だったのだ。早馬を走らせて皇帝に報告書を送ったり、犯人護送の担当団員を決めて予定を詰めたり、やたら時間がかかった。

ちなみに、司法取り引きはうまくいったようだ。私兵たちはすっかり従順になった。……やけにフンダートやバルドメロを怖がっている様子ではあったが、一体どんな『説得』をしたのか、ジークリンデには想像もつかない。

バルドメロたちと同じ場所で育ったというヌルは、辺境守騎士団の見習い従士として雇うことになった。本来ならば彼も帝都に送るべきなのだが、ベイジル宰相が都合よく利用する可能性があったため、報告書には『任務中に行方不明』と記し、ヌルにはジークリンデが新しい名前をつけた。

「リヒト、薪を割ったら、温室の隣にある小屋に入れておいてね」

「ああ」

森の木を伐採して薪を作っていたリヒトが、ジークリンデの指示に頷いた。ヌルの名は捨て、リヒトの名をもらった彼は首にかけていた布で汗を拭う。

「しばらく留守を頼むけれど、困った時はアルノルト叔父様に相談するといいわ。温室の手入れと監視塔の見張りだけは、毎日欠かさずお願いするわね」

「わかった。ひまな時は、文字の練習も……しておく」

リヒトは成人男性だが、読み書きができず、また、言葉遣いも子どものように拙い。まるで初めて会った頃のバルドメロみたいだ。何だか懐かしさを覚えて、ジークリンデはくすっと笑った。

「あの、ジークリンデ様」

「ん、どうしたの？」

寄宿舎に戻ろうとしていたジークリンデは振り向く。

「その、手。まだ……痛いか？」

リヒトは辛そうな顔をしていた。自分を庇ってジークリンデが傷を負ったことを、まだ気にしているのだろう。ジークリンデは包帯を巻いた手を見せて、明るく笑う。

「もう殆ど痛くないわ」

すると、リヒトが軽く笑った。

「よかった。じゃあ、オレ、薪を割る」

「ええ。あまり根を詰めないでね」

「うん。あと、あんまりオレに優しくしないほうがいいと思うぞ」

「え？」

きょとんとすると、リヒトは寄宿舎のほうを指さした。

「バルドメロが、すごい顔で睨んでる」

「…………」

ジークリンデは疲れたようにがくっと肩を落とした。


寄宿舎に戻ると、案の定バルドメロが不機嫌な顔をしていた。

「ジークリンデは、リヒトを甘やかしすぎです」

「甘やかしていないわ。仕事の指示をしていただけじゃない」

「そのわりには笑っていたし、楽しそうだったじゃないですか」

「もしかしてずっと見てたの？　同じ騎士団の仲間なんだから、談笑くらいするわよ」

「違う。なんというかこう……親しみがあった」

バルドメロは嫉妬心が非常に強い。特に新参者であるリヒトには殊更当たりが強かった。

「親しみは、他のみんなにだってあるでしょう？　バルドメロ、あなただって先輩なんだから、リヒトにはちゃんと親切にするのよ」

びしっと言うと、バルドメロはあからさまに嫌そうな顔をした。

「……ジークリンデ」

「ん？」

「もしかして、ああいう男のほうが、好きなんですか？」

ジークリンデは思わずよろけた。

「あのねえ、そういうんじゃないって言ってるでしょ！」

「じゃあ、どういう男が好きなんですか！」

いつになくバルドメロがむきになっている。ジークリンデは顔を赤くすると、コホンと咳払いをした。

「そ、そんなの決まってるでしょう。……バルドメロよ」

今度はバルドメロの顔が赤くなった。

「……本当に？」

「何度も言わせないでよ。……恥ずかしいんだから、もう」

「嬉しいんです。何度でも聞きたい。俺のことが好きって、もう一回言って？」

優しく甘えられると、どうにも弱い。ジークリンデは俯いて、指をもじもじさせた。

その時。

「ひゅーひゅー」

「冬が近づいているのに、ここだけお熱いですねー」

廊下の先にある角から声がした。

「フンダート、エルフ！」

ジークリンデが名前を呼ぶと、ふたりがひょっこりと現れた。

「み、見てたのなら、早めに声をかけてくれないと困るわ！」

「昼間から痴話喧嘩だなんて、そんなの観察するしかないじゃないですか！」

「そうそう。からかう時の話題になりますからね」

あははとふたりは笑って、フンダートが窓の外を指さす。

「馬車の準備が終わりましたよ。荷物も全て入れ終わりました」

ジークリンデが窓の向こうを見ると、大型の幌馬車が待機している。

「今日の出立で、帝都に到着するのは十日後の予定です。旅の途中に寄る宿には、先に連絡をしておきましたので、クルト皇子に不便はかけないと思いますよ」

「ありがとう。クルトは叔父様のお屋敷にいるのよね？　バルドメロ、出立の挨拶をしに行きましょう」

ジークリンデはバルドメロを連れてアルノルト邸に向かう。

クルトが帝都に帰還するにあたって、ジークリンデとバルドメロはクルトの護衛として同行することにした。捕縛した私兵は、辺境守騎士団の団員が先に帝都へ連行している。アルノルトに挨拶をして、ジークリンデたちを乗せた馬車が走り出した。

フンダートが事細かに手配してくれたおかげで、十日の旅は実に順調だ。クルトはジークリンデと一緒なのが嬉しいのか、ずっとはしゃいでいた。

先日は殺されかけるという体験をしたというのに、その時の恐怖を引きずっている様子はない。

無理をして、ジークリンデに心配をかけまいとしているのかもしれないが、幼い身でありながら他人を気遣える心優しいクルトの姿を見て、ジークリンデは感慨深くなった。

一行は無事に帝都へ到着して、ジークリンデとバルドメロはクルトたってのお願いで、久しぶりに両親と再会することになった。

帝都の中心に建つ皇城は相変わらず見る者を圧倒させる荘厳さに満ちている。

ジークリンデたちが通されたのは、報償を授与する時にも使用される、豪華絢爛な謁見室だった。

「降嫁したこの身に拝謁の機会を与えてくださり、まことに感謝に堪えません。本日はご機嫌麗しゅう、皇帝陛下、皇妃殿下」

玉座に座る皇帝と皇妃の前で最敬礼をする。玉座から娘を見据えるマリウスの表情は、相変わらず感情が読めない。嬉しいのか、どうでもいいと思っているのか。

父を目の前にするたび、彼を理解できるようになるのはいつになることだろうとジークリンデは思う。

「面を上げよ」

厳かに、マリウスの言葉が響いた。ジークリンデとバルドメロは同時に顔を上げる。

「命を懸けてクルト皇子を守りぬいたこと、苦労をかけた。また、此度の件についての子細はすでに把握している。そなたの部下が作成した報告書は非常に役立った。部下に恵まれたな、そなたは」

「お褒め頂き、ありがとうございます。部下も喜ぶことと思います」

フンダートはしっかり仕事をしてくれたようだ。ジークリンデは心の中で感謝する。

「……バルドメロ卿よ。そなたもクルトの救出に尽力してくれたようだ。さすがは歴戦の英雄と呼ばれる男。我がその胸に与えた勲章がただの飾りではないことを、これからも証明し続けよ」

「ありがたきお言葉。皇帝陛下より頂いた誉れの勲章に恥じないよう、一層尽力致します」

正装のバルドメロは、戦争終結と同時に授与された勲章を身に付けていた。

彼は公式の場でなければ勲章を飾らない。貴族将校など、自らの名声を誇示するかのように並べて身に付けているというのに。

昔、どうしていつも着ている騎士服に勲章をつけないの？　とジークリンデが訊ねたら、バルドメロは困ったように笑って言っていた。

『誰よりも多く殺した証明を胸に貼るのは、趣味が悪いと思うんです』

……彼の言う通りだと思った。同時に、彼の心にしっかりと道徳が芽生えているのを感じて嬉しかった。

話は終わったと言わんばかりに、皇帝は奥の部屋に戻っていく。

つい最近ジークリンデは結婚したというのに、娘に祝福の言葉ひとつかけない。そんな彼の背中を見送って、ジークリンデは僅かに目を伏せた。

（……寂しい気持ちはある。けれど、バルドメロとの結婚をお許しになってくれた。それだけでも充分だわ）

顔を上げると、ふとクラウディアと目が合った。

彼女は何か物言いたげな顔をしていたが、すぐに目をそらす。

これも覚悟していたことだ。彼女から言葉を貰おうとは思っていない。ジークリンデを嫌っているのだから、仕方のないことだ。

ジークリンデはクラウディアに一礼して、きびすを返す。

「行きましょう」

バルドメロを連れて、ジークリンデは謁見室を後にしようとする。

だがその時、後ろから声がした。

「待て！　……待っておくれ」

振り返ると、皇妃が席から立って、こちらに小走りで近づいてきた。

「クルトを守ってくれたこと……まことに感謝に堪えぬ。すまなかった」

ジークリンデは目を丸くする。彼女からそんな言葉を聞くとは思っていなかった。

「クルトを危険にさらしたのは、わらわの責任じゃ。そなたを邪魔に思うあまり、ベイジル宰相にいいように利用された。危うく、大切なクルトを亡くすところであった……」

クラウディアは辛そうな表情を浮かべ、俯いていた。

「皇妃殿下。……あの、ベイジル宰相は今、どういう立場になっているのですか？」

ジークリンデは遠慮しがちに訊ねてみた。こちらが送った報告書を見れば一目瞭然なのだが、今回の事件の首謀者はベイジル宰相だ。彼が手配した私兵も帝都に連行済みで、彼はそのうち罪を追及されるだろう。

「皇帝陛下は、今のところベイジル宰相の動きを静観しておられる。わらわはすぐに捕縛するべきだと助言いたしたが、まだ時期ではないと仰られた。恐らくベイジル宰相を泳がせて、奴の味方をあぶり出すつもりなのだろう。何せ今回のことで、伯爵家が関わっていることが判明したのだからな。……他にもいる、ということじゃ」

何となくそんな気はしていたので、ジークリンデは納得する。

ベイジル宰相が帝都近郊の伯爵だけに声をかけているとは思いにくい。戦争を望む推進派は、特に帝都に住む貴族に多いのだろう。皇帝はそれを見越して様子を見ているのだ。

「ベイジル宰相については皇帝陛下に任せておけばよいと、わらわは思う。あの御方の考えていることはわらわにもわからぬが、帝国の安寧を第一に考えていることだけは間違いないからの」

クラウディアの言葉に、ジークリンデは「ええ」と同意した。彼女とまったく同じ意見だった。皇帝の心は家族にも理解し難いが、彼が何を犠牲にしてでも帝国を守ろうとしているのはよくわかっている。

（そうだ。今なら言えるかもしれない）

何度も口にしようとして、聞く耳を持ってもらえないだろうと諦めていた言葉。

ジークリンデはクラウディアを見つめて、決意する。

「義母上。どうかジークリンデの心の内を聞いてくださいませんか？」

静かな口調で言うと、彼女は少し戸惑った表情を浮かべた。

「な、なんじゃ」

警戒はしているが、話を聞くつもりはあるらしい。良かった、とジークリンデは思う。

そして、小さく息を吸った。

「これからも、どうか父上をお支えください。私の母上は父上からの愛が頂けないことに絶望して全てを諦めましたが、義母上はどんなに辛くても父上を愛し続けています。その一途さがきっと、いつか父上の心を開かせてくれると……私は思います」

クラウディアの目が大きく見開いた。ジークリンデは穏やかに微笑む

「義母上が私のことをどう思おうと、私にとって義母上は大切な家族です。義母上の幸せを、北の地から祈っています。」

軽く頭を下げた。クラウディアは動揺したように困惑した顔をして、辛そうに唇を噛む。

「わらわはそなたの……そういう、皇族として完璧なところが……」

悔しげに、絞り出すように呟いた時、謁見室の入り口から「母上ー！」と明るい声が聞こえてきた。

「あっ、義姉上！　まだ皇城にいて下さったんですね。良かった！」

クルトだ。

彼は旅装束から豪奢な貴族服に着替えており、軽い足取りで走ってきた。そしてジークリンデとクラウディアを見比べて、ぱあっと相好を崩す。

「もしかして、母上と義姉上は今、親睦を深め合っていたのですか？」

「え？」

思ってもみないことを言われて驚いたのか、クラウディアが間の抜けた声を出した。

「わあ、嬉しい！　やっと仲良くなれたんですね。あっ、もしかして僕、談笑の邪魔をしてしまいましたか？　ごめんなさい！」

慌てて謝る。しかし嬉しさを隠しきれないようで、いつになくニコニコしていた。

「クルト……わらわは……」

「えへへ、やっぱり家族なんですから、仲がいいのが一番ですよね。今度は僕も、談笑の仲間に入れてくださいね」

ばつの悪そうなクラウディアに、クルトは屈託のない笑顔で言った。

これは助け船を出したほうがいいかも、とジークリンデは思った。ちらりと隣に立つバルドメロに目線を送ると、茶目っ気まじりに片目を瞑った。そしてクルトに顔を向け、にっこりと微笑む。

「ええ、クルト。私と義母上は仲良くなれたのよ。だから安心して頂戴」

「なっ、ジ、ジークリンデ。そなたまで何を言うのじゃ」

「まあまあ。私はこのままヴァイザー領に帰りますが、これからもどうかお元気でいてください。……きっと私たちは、これくらいの距離があったほうが、うまくいくと思います」

ジークリンデはクラウディアをまっすぐに見つめた。彼女はようやくジークリンデの言いたいことに気付いたのだろう。はっとした顔をして、目を伏せる。

「……そうじゃな。わらわたちは、これくらいの距離が丁度良いのかもしれぬ……な」

クラウディアにとってジークリンデは、亡くなった前皇妃の忘れ形見だ。皇帝を愛するがゆえに、どうしても嫉妬の気持ちが出てしまう。邪魔に思ってしまう。

だからこそ、クラウディアとジークリンデは、互いに顔が見えないほどの距離があったほうが、うまくつきあえるのだ。

「それよりクルト、慌てていたようだけど、どうしたの？」

ジークリンデが訊ねると、クルトは思い出したように「そうです！」と興奮気味に言った。

「義姉上、バルドメロ様、どうかテラスに出てください。帝都民がおふたりを一目見たいと、皇城前にまで集まっているんですよ」

「えっ、どうしてそんなことになっているの？」

「それはそうですよ。だって救国の聖女と歴戦の英雄の帝都帰還ですよ。誰だって見たいに決まっています！」

そういえば、自分たちはそういう立場なのだったとジークリンデは思い出した。ヴァイザー領では領民が皆のんびりしているからすっかり忘れていたけれど、帝都で救国の聖女と歴戦の英雄といえば、今や劇場を賑わす俳優よりも人気なのである。

「ほら、早く行きましょう。バルドメロ様も、急いでください！」

クルトがジークリンデの手を取って走り出す。

ジークリンデは去り際に、チラとクラウディアを見た。彼女は自分たちを見送るように、その場に立っており、何か戸惑っているような……それでいて、憑き物が落ちたような、静かな微笑みを浮かべていた。

「行くがいい。わらわは皇帝のお傍に戻る。……しかとその顔、国民に見せて喜ばせよ」

「はい。お元気で、義母上」

改めて一礼し、ジークリンデはバルドメロと一緒に階上のテラスまで小走りで移動した。

──クルトが、テラスに続く扉をガチャリと開けると、外は爽やかな秋晴れで、心地良い風が頬をかすめる。

ジークリンデたちがテラスに出ると、さざ波のような歓声が聞こえた。

帝国万歳とか、結婚おめとうございますとか、たくさんの声が届く。皇城に集まる民衆を見れば、皆、嬉しそうに笑っていた。釣られたようにジークリンデも笑顔になって、そっと手を振る。歓声が一層大きくなった。

「ジークリンデは人気者ですね」

バルドメロがやや困惑した様子だ。こんなにも大歓迎されるとは思っていなかったのだろう。

「何を言っているの。私よりもバルドメロのほうが人気者よ。ほら、手を振ってみて」

ジークリンデが急かすと、バルドメロはぎこちなく手を振った。すると、甲高い女性の歓声が一際大きく聞こえた。

「ね。バルドメロは帝国のご婦人に大人気なの。ヴァイザー領の街でも、あんなに持て囃されていたじゃない」

「う……。こういうのは苦手だと、前に話したと思うのですが」

「ええ、知っているわ。でもこれは、私の夫としての務めなの。諦めて一緒に愛嬌をふりまいて頂戴」

くすくすと笑って言うと、バルドメロは困ったような顔をしつつ、頬を軽く掻いた。

「そう言われたら、俺は何も言えないですね。あなたの夫として、精一杯やらせて頂きます」

バルドメロはテラスの手すりまで近づいて、大きく手を振る。同じようにジークリンデも手を上げて、民衆に応える。クルトも、みんなも、明るい笑顔だ。

三百年戦争時代も、皇族は時折テラスに出て民衆に顔を見せていた。それは戦いの士気を高めるために行っていて、皇帝の厳かな演説に皆は歓声を上げていたが、今はあの頃と少し違っていた。

戦いから解放された、楽しそうな笑顔。

嬉しそうな彼らを眺めていると、ジークリンデは心から願わずにはいられない。

――どうか、この平和がいつまでも続きますように、と。

エピローグ　雪夜とグリューワイン

ヴァイザー領を訪れて、最初の冬がやってきた。

ジークリンデの予想を遥かに超えて、ヴァイザー領の冬は厳しい。

帝都とまったく違う。雪が降らない日はなく、街も、アルノルト邸も、寄宿舎も、すべてまっしろに埋まってしまうのだ。

そんなわけで、冬の辺境守騎士団の主立った仕事は雪かきであった。

山地の偵察業務組と雪かき組に分かれて、朝から昼すぎまで仕事をする。冬は日が落ちるのがとても早いため、暗くなる前に寄宿舎へ戻り、各々で鍛錬をしたり、工房で装備品の修理をしたりなどの作業をする。

ある日、滞りなく仕事を終えて夕食を食べたあと、ジークリンデはアルノルトからの届け物を受け取り、ほくほく顔で離れに戻った。

クルトとクラウディアに頼んで、新作の戯曲を送ってもらったのだ。これを読むのが大好きなジークリンデは、わくわくしながら包みを開ける。中に入っていたクルトからの手紙を読んで感謝の祈りを捧げ、戯曲の本を手に取った。内容は恋愛劇。文字を追うごとに夢中になっていき、座ったり立ったり、忙しなく動きながら読み続ける。

「なんて素敵な物語なの。アーダムを想うディアナの台詞がとても切ないわ」

ほう、と胸に手を置く。気分はすっかり登場人物になりきっていた。

「ああ、アーダム。私はあなたの傍にいるというのに、この想いを伝えられない。けれどそれでいいの。私の愛はあの月のように、雲に隠れて消えるだけ」

思い切り感情を込めて台詞を口にする、と——。

「ジークリンデ？」

入り口に、盆を持って唖然としているバルドメロが立っていた。

「きゃー！」

ジークリンデはその場で跳び上がり、本を閉じて背中に隠す。

「バッ、バルドメロ！　あなた確か、温室に用事があるって言ってなかった!?」

「ええ。用事をすませて帰ってきたんですが」

「早すぎじゃないの。一体どんな用があったの？」

「それを言う前に、ジークリンデ。後ろに隠したのは戯曲ですか？」

机に盆を載せて、バルドメロが訊ねる。

「あっ、その……そうよ。今日、新作の戯曲が届いたの。だからいてもたってもいられなくて……。恥ずかしいところを見せてしまったわね。ごめんなさい」

「謝ることじゃないですよ、可愛かったですし。……ただ」

バルドメロはジークリンデの前に立ち、腕組みをする。

「俺ではない男の名を呼んで、うっとりと愛を語るのは嫌ですね」

「ただのセリフじゃない！」

「セリフでも嫌なものは嫌なんです」

そう言って、バルドメロは盆に載せていた木製のコップを持ち上げた。すると、ふわりといい匂いがする。

「さっきから気になってたんだけど、それは何？」

「グリューワインですよ。温室で香辛料を分けてもらって、作ってきたんです」

「わあ……」

近づいてくんくんと匂いを嗅ぐと、スパイシーな香辛料の香りがした。

「暖炉の近くで飲みましょう」

バルドメロがそっとジークリンデの肩に腕を回し、暖かい暖炉の前に誘う。

絨毯の上に座って、温かいグリューワインをゆっくり飲んだ。

「少しピリッとするけど、甘くておいしい。果物の香りも素敵だわ」

「初めて作ったのですが、上手に作れてよかった。林檎や檸檬は、余り物の皮を利用したんですよ」

「無駄がなくていいわね」

ジークリンデはくすっと笑う。

「その戯曲、俺にも聞かせてもらえませんか？」

「ん、これ？」

傍に置いていた本を持ち上げると、彼は頷く。

「そうね、これを機会にバルドメロも戯曲を読んでみたらいいわ。本当に面白いのがたくさんあるんだから」

グリューワインを傍に置いて、戯曲の本をぱらりとめくる。

「戦地にいた頃から、趣味は戯曲集めだと言っていましたね。そういえば、前から聞こうと思っていたんですけど、どうして戯曲が好きなんです？」

その問いに、ジークリンデははにかみ笑いを見せた。戯曲を読み始めたのは幼い頃だったので、口にするのが少し恥ずかしかったのだ。

「幼い頃、私は父上に皇族として認められたい一心で、毎日必死だったの。でも、何年もお城の中で勉強していたら、だんだん虚しくなってね。誰にも褒められない、誰にも必要とされないのなら、勉強に何の意味があるんだろうって……あはは。今思い出すと、単に子どもが拗ねてただけの話なんだけど、当時の私は真剣に悩んでいたのよ」

笑い話にするつもりだったが、バルドメロはやけに真剣な顔で聞いている。

「……その頃に、皇城の蔵書室で戯曲を見つけたの。古典の本棚に入っていた古い戯曲よ。何となく本を開いてみたら……私にとって新しい世界が広がっていた」

自分とは違う誰かが主人公の物語。海を舞台にしたロマン溢れる冒険活劇もあれば、しきたりを守る貴族同士の儚くも悲しい恋物語もあった。

「本を読んでいる時だけ、違う自分になれた。皇女ではない、どこかの誰かになった私が、恋をしたり、冒険をしたりするの。楽しくて夢中になれた。あの頃の私に戯曲がなかったら、とっくの昔にへこたれていたと思うわ」

「ジークリンデは、たとえ僅かな時間でも違う自分になってみたかったんですね」

「そういうこと。まあ今となっては、単なる趣味なんだけどね。お気に入りの戯曲を読むのも好きだけど、やっぱり新作は心が躍るわ」

グリューワインを飲んで、バルドメロに戯曲を話して聞かせる。時々気持ちが入り込んで情熱的に台詞を口にするジークリンデを、彼はずっと眩しそうに見ていた。

「……それでね、伯爵令嬢のディアナは、海難で亡くした双子の兄に扮してアーダムの商船に乗り込むの。そこには美しい異国の歌姫ジュディがいて、アーダムは彼女がずっと気になっている。でも、アーダムの元婚約者だったディアナは、ふたりを見るのが辛くて……」

「悲しい物語ですね。ふたりはもう、一緒になれないんですか？」

「まだわからないわ。物語がどう展開していくのか、頭の中で予想しながら読むのも戯曲の楽しみなのよ」

「フフ、ジークリンデは本当に想像力豊かですね」

楽しそうに笑ったバルドメロは、ふいにジークリンデの膝に頭を乗せて横になった。

「ああ、柔らかくて温かい。……気持ちいい」

腰に腕を回して、ぎゅっと抱きしめられる。

「あっ。……もう、読み聞かせてる途中なのに」

「このまま読んでください。もし寝てしまったら、すみません」

「何よ、それは。まったく」

呆れたため息をつきながらも、ジークリンデは続きを読もうとした。すると、くいくいと手首を引っ張られる。

「口づけを、してくれませんか？」

「……今日のバルドメロは、やけに甘えてくるわね」

「グリューワインで少し酔ったのかもしれません」

「うそ。最前線で開いた祝勝会で、貴族将校が酒樽を振る舞った時、あなたは黙々と杓子(しゃくし)ですくって飲んでいたでしょう。次の日も全然お酒が残っている感じがしなかったわ」

「そんな昔のことを、よく覚えていましたね。時々振る舞われる酒は、俺にとって大事な栄養源だったんですよ。何せ最前線はいつもひもじかったですからね」

「そうね、確かに、戦場でお腹いっぱい食べたことはなかったわ。……でも、お酒を栄養源って言う人は初めて見たけど」

「そんなことより、口づけしてください」

バルドメロが子どもっぽく急かす。仕方ないと言わんばかりに肩をすくめたジークリンデは、そっと彼の唇に自分の唇を押し当てた。

「……もっと」

「もっと？」

もう一回、口づけする。

「もっとです」

何度も、何度も、唇を重ねる。やがてバルドメロはジークリンデの身体に体重をかけて、ごろんと押し倒してしまう。

「いや、バルドメロ。まだ本を読んでいる途中よ。続きが気になるのに……」

「駄目です。今は俺を優先してください」

「もしかして、本に嫉妬してる？」

「否定はしません」

素直なバルドメロに、ジークリンデは困った顔をした。

「あなたのその嫉妬深さは、帝国で一番だと思うわ……」

「褒めているんですよね？」

「違うわよ！」

思わず声を上げたジークリンデの口を塞ぐように、バルドメロが優しく口づけする。

「ン……」

ぴくっと反応してしまったジークリンデの背中をゆっくりさすり、流れるように衣服が剥かれていった。ぱちん、と暖炉の火が爆ぜる。

静かで甘やかな時間。外は凍えるほど寒いけれど、ここは春のように暖かい。

「……戦場で過ごした冬は、とても寒かったですね。一枚の毛布を皆で被り、小さな輪になって暖を取り合った」

「ええ。バルドメロはいつも私の隣にいてくれたわ。あなたは身体が大きくて、いつも私の風よけになっていたわね。嬉しかったけど、バルドメロが風邪をひかないかって、ずっと心配していたわ」

毎日のように抱かれているのに、バルドメロに裸を晒すと、未だに少し恥ずかしい。

顔を赤らめながら昔を語るジークリンデを、彼は愛おしそうに見つめた。

「俺はあなたが心配してくれていたのが、嬉しかったです。あなたが俺に意識を向けてくれるのが俺の幸せだった。それはもちろん、今もです」

唇を重ねて、バルドメロの大きな手がジークリンデの柔い肌を伝う。ぬくもりを確かめるように抱きしめる。

「俺は今も、平和とか帝国の未来とか……未だによくわかっていません。でも、ジークリンデが望むことは何でもやります。人を殺すなというのなら二度と殺さないし、平穏な日々が欲しいのなら必ず手に入れる。昔も今も、これからも」

額に、鼻の頭に、唇に、口づけの雨を降らして、ふたつの身体がひとつに合わさる。ジークリンデの肌を、その身で味わうように肌を重ねて、手を組み合わせた。

「だから、ジークリンデ。俺が死ぬまで傍にいてくださいね。俺に口づけして、抱きしめてください。あなたがいてこそ俺は——人間でいられるのですから」

頬を両手で包み、深く唇を重ねて、舌を絡ませ合う。

生温かいとろりとした感触は、まるで生きている証しだ。互いの命を確かめるような、みだらな絡みは夜通し続いていく。やがて薪が役割を終えて、暖かな火と明かりが消えてしまっても、暗闇の中でふたりの影が蠢いていた。

一度始まってしまえば、止まらない。救国の聖女だのと持て囃されようが、今のジークリンデはバルドメロしか見えないし、バルドメロのことしか考えられない。

月の光が降り積もった雪に反射して、窓から青白い光が差し込む。

獣のように荒く息を吐きながら、ジークリンデの脚を摑み、己の楔を打とうとするバルドメロの目は、本物の琥珀のように美しく輝いていた。

その瞳だけは、初めて戦場で出会った頃と変わらない。血塗られた顔から覗く琥珀色の瞳。

怖くて――でも、あまりに綺麗で見蕩れたのだ。

バルドメロに穿たれ、身体を甘く揺さぶられながら――ジークリンデは思い出す。

ああ、こんなにも自分は……。

「愛しているわ」

獣のような彼に惹かれた。だから最初から放っておけなかった。彼のためになることがしたかった。

「……ジークリンデ、俺も愛しています」

そっと彼の頬に触れたジークリンデの手に、バルドメロは自分の手を重ねた。

その顔は屈託のない少年のようであり、また、どこか泣きそうな笑顔だった。

まるで、この幸せを噛みしめるように、嬉しくてたまらないように。

――この笑顔を守りたい。ずっと、いつまでも。

ジークリンデは固く心に誓って、愛しい夫に優しく口づけたのだった。

あとがき

はじめましての方も、そうでない方も、こんにちは。桔梗楓(ききょうかえで)です。

このたびは、本書を手に取ってくださって誠にありがとうございました。

ソーニャ文庫は初出版となります。大好きなレーベルだったので、書かせて頂けて大変嬉しく思っています。

バルドメロとジークリンデ。心が破損してるヒーローと、圧倒的光属性のヒロイン。すごく好きです。このお話は元々、デビュー前からあたためていた『書いてみたいリスト』のあらすじを元に、プロットを組み立てました。

そのあらすじは主役のキャラは違うものの、エルフとフンダートはそのままなんです。やっと書けて嬉しいな、と感慨深く思っています。

それでは、また別の物語で出会えますように。

桔梗楓

この本を読んでのご意見・ご感想をお待ちしております。

◆ あて先 ◆

〒101-0051
東京都千代田区神田神保町2-4-7 久月神田ビル
㈱イースト・プレス　ソーニャ文庫編集部
桔梗楓先生／国原先生

狂獣騎士は救国の聖女を溺愛で蕩かせたい

2023年8月4日　第1刷発行

著　　者　桔梗楓
イラスト　国原
装　　丁　imagejack.inc
発 行 人　永田和泉
発 行 所　株式会社イースト・プレス
〒101－0051
東京都千代田区神田神保町2－4－7 久月神田ビル
TEL 03－5213－4700　FAX 03－5213－4701
印 刷 所　中央精版印刷株式会社

ISBN 978-4-7816-9750-5
定価はカバーに表示してあります。

Sonya ソーニャ文庫の本

『愛に蝕まれた獣は、
執恋の腕で番を抱く』

宇奈月香

イラスト 園見亜季